COME PRIMA

Publié sous la direction
d'Élisabeth Samama

Sophie Simon

COME PRIMA

roman

Éditions Anne Carrière

De la même auteure

American clichés, nouvelles, éditions Lattès, 2011
Gary tout seul, roman, éditions Lattès, 2014 ; Le Livre de Poche, 2017
Aimer et prendre l'air, roman, éditions Lattès, 2017 ; Le Livre de Poche, 2019
Deux cœurs légers, roman, éditions Anne Carrière, 2020

ISBN : 978-2-3808-2133-8

www.anne-carriere.fr

À Jean-Philippe

I

À l'origine, il y eut ce mail :

Cher Celso,
Après toutes ces années loin de Rome, j'ai l'occasion d'y repasser, entre le 20 et le 30 mai.
Que dirais-tu de prendre un café ?
Baisers.
Elena

À la cinquième lecture, il m'apparut que ce petit message désinvolte révélait une urgence ; Elena souhaitait me parler. L'heure des aveux ou des regrets la pressait jusqu'à moi, trente ans après. Il était bien sûr de mon devoir d'écouter ce qu'elle avait à me dire, sans jugement ni rancœur. J'estimai toutefois préférable d'attendre quelques jours avant de lui répondre. Elle devait comprendre qu'elle n'était plus ma priorité depuis longtemps.

Après réflexion, je jugeai cette idée stupide et grossière ; je lui écrivis dans la matinée, le temps qu'il me fallut pour trouver le ton et les mots adéquats : spontanés, détachés et néanmoins enthousiastes. Trois qualités qui traduisaient selon moi la paix, l'équilibre et le bonheur qu'un homme de mon âge était supposé avoir atteints.

Chère Elena,
Avec grand plaisir !
Celso

Concis.

Sans doute un peu trop.

Je n'étais pas tout à fait satisfait. Il manquait certaines informations que je brûlais de lui transmettre au sujet de ces trente dernières années, mais comment les résumer en deux lignes ? D'autant plus que mon épouse revenait sans cesse toquer à la porte de mon bureau, me hâtant pour l'accompagner au marché, comme chaque samedi matin. Alors je ne pus trouver les mots ni la formule qui laisseraient deviner à Elena combien elle m'avait manqué.

J'envoyai donc cette brève réponse à contrecœur puis filai au marché où je choisis promptement melons, olives, tomates, petits rougets et *cannoli* chez notre traiteur favori.

— Pourquoi diable étais-tu si pressé, Celso ? me reprocha Antonia, tout essoufflée, une fois à la maison. Regarde les tomates ! Elles sont déjà gâtées et tes rougets ont l'œil vitreux ! Que se passe-t-il, chéri ?

— Le travail, Antonia, j'ai tellement de travail ! m'écriai-je en gagnant mon bureau à l'étage. J'y retourne, d'ailleurs.

Je me précipitai sur mon ordinateur et ouvris ma boîte mail. Elena m'avait répondu :

Génial !
Voyons-nous le 21, si tu le veux bien.
Baisers.
Elena

Le 21, avait-elle écrit. Le lendemain de son arrivée. Je n'avais donc pas tort, il y avait urgence.

Ce détail d'importance capitale me mit de fort bonne humeur, et j'étais à présent tout à fait disposé à retourner au marché avec Antonia, à me faire pardonner mon impatience, et même à partager mon excitation avec elle. Mais pour nous éviter à tous deux de fastidieuses explications, j'y renonçai et demeurai finalement dans mon bureau, fenêtres ouvertes sur un merveilleux soleil de mai, à savourer cette grande nouvelle.

Après quelques minutes à m'esbaudir devant les pigeons qui venaient roucouler, gorge gonflée et queue en panache, sur le rebord de mon balcon, une légère anxiété me gagna doucement : et si elle annulait ?

Il me restait à redouter, durant trois interminables semaines, son éventuelle défection.

À peine achevée la rédaction de la biographie de Garibaldi que j'avais intitulée *L'Épopée d'un homme libre*, j'entrepris l'écriture de ce texte, sorte d'antithèse du précédent. Je voulais comprendre, alors que l'arrivée d'Elena suscitait déjà en moi une puérile effervescence, ce qui conduit un homme doté d'une intelligence disons normale à se commettre systématiquement, et avec méthode, dans les plus mauvais choix.

II

À plus de soixante ans, j'étais devenu, pour ainsi dire, un homme respectable.

Le mariage et la paternité m'avaient donné une consistance ; l'amour de mes filles et celui de mon épouse m'avaient fortifié ; ma silhouette, au fil du temps, s'était même étoffée, et bien qu'arrivé à un âge avancé je possédais bien plus d'aptitudes viriles qu'à trente ans ; j'étais donc prêt à revoir Elena.

Jamais, pourtant, pendant toutes ces années, je n'avais tenté de la revoir, me contentant de rares recherches sur Google que j'effaçais illico de mon historique ainsi que de ma mémoire. Jamais non plus je n'avais songé à tromper tout à fait Antonia. Car même si l'amour ne motivait pas ma fidélité, la gratitude que j'éprouvais à son égard m'interdisait formellement de la trahir. Je dois cependant avouer que longtemps, au cours de nos balades dominicales, croisant mon reflet dans les vitrines, mon épouse à mon bras et nos filles dans nos pas, je me trouvais fière allure. Qu'Elena me voie ainsi, en chef de famille entouré de ses femmes, ne m'aurait pas déplu.

J'avais trente ans quand j'avais rencontré Elena, que j'adorais et que j'aurais dû épouser si j'avais eu un peu de cran. Mais je n'en avais pas, alors j'ai épousé Antonia, à qui j'ai décidé d'accorder toute ma tendresse et mon affection.

Est-ce que je le regrette ?

Oui, un jour sur deux. Pourtant, je ne sais pas vraiment ce que je regrette, car je ne peux penser à cette époque et à l'homme que j'étais alors sans éprouver des sentiments mêlés de honte. Si je croisais aujourd'hui ce pauvre garçon abruti par la passion, j'imagine que me viendrait l'envie de le frapper.

L'amour en général et ma passion pour Elena en particulier me rendaient stupide, faible, et demandaient cette forme de virilité dont j'étais dépourvu et qu'en conséquence je tentais d'imiter.

Chaque matin, il me fallait endosser un rôle trop grand pour moi et retourner sur le champ de bataille de mes propres contradictions : ma raison m'ordonnait de la fuir alors que mon cœur me liait à chacun de ses pas. Mon esprit se dévoyait en ce désir impérieux, constant et ultime que j'éprouvais pour elle, corps et âme ; enfin, je luttais contre la peur permanente qu'elle cesse de m'aimer le jour, l'heure ou la minute d'après. Je n'étais jamais au repos.

Sa seule beauté m'affolait. Dans les rues, j'en étais réduit à regarder les femmes moins belles ; leur banalité m'apaisait. Cet amour me diminuait. Je n'étais pas taillé pour ça, moi qui, jusque-là, conscient de mes faiblesses, m'étais prémuni contre mes envies et la plupart de mes prétentions, de peur de les voir éconduites. J'avais préféré ne pas trop aimer pour ne pas devenir fou. Avec Elena, j'oubliais toutes mes résolutions, prises jour après jour dans le seul but de préserver un semblant de dignité. Avec elle, je perdis mes résistances, je n'écoutai plus que mon désir.

Depuis que je suis marié à Antonia, c'est l'inverse ; je n'écoute que ma raison et vais sans désir. J'ai ainsi dévalé la pente des sentiments avant de gravir celle de la prudence, œuvrant dans les deux cas contre ma volonté profonde.

Voilà près de trente ans que je suis devenu raisonnable, et même vertueux. J'ai d'abord agi par instinct de survie, puis par goût, tant il est gratifiant de vaincre ses pulsions. Je me rappelle avec quelle ardente fierté mon père m'avait annoncé dans ses lettres – il y a si longtemps – qu'il avait définitivement arrêté l'alcool, combien il se sentait un homme neuf, prêt à repartir dans le droit chemin, et avec quel piteux embarras et moult circonlocutions il m'écrivait, la semaine suivante, qu'il avait repris.

« Quand la passion de la vertu vient à s'élever, écrivait Rousseau, elle domine seule et tient tout en équilibre. » C'est si vrai ! Aucune passion ne dure cependant et, après un temps, la vertu et la raison prennent le goût de la frustration. Voilà pourquoi, bien souvent, le fumeur se remet à fumer, l'alcoolique à boire et le coureur à courir. Et voilà comment, en voulant m'épargner une vie soumise à la tyrannie de l'affect, j'ai vécu une vie soumise à la dictature du devoir.

Pour avoir connu les deux, j'affirme que l'on peut trouver dans la seconde un confort des plus commodes.

Mais après m'être acquitté de mes devoirs matrimoniaux, après avoir bâti un foyer solide pour ma femme et mes deux filles, un désir douloureux, corseté depuis tant d'années, commença à gonfler dans ma poitrine comme du polystyrène expansé.

Alors, il me prenait des envies de fuguer, de quitter ce doux foyer, mon abri depuis trop longtemps, pour ressentir encore une fois la sève couler dans mes veines. Comment me résigner à des joies et des plaisirs qui commençaient à sentir la naphtaline, comme les placards dans lesquels Antonia entreposait nos vêtements d'hiver, l'été, et ceux d'été, l'hiver ?

Chaque année, en début de printemps, au moment de la pollinisation, j'étais pris de violentes crises au cours desquelles tout me révoltait, me révulsait ; mon quotidien, mon épouse et ce mariage qui me liait à elle. Je la tenais pour responsable de mon malheur, elle qui, plus qu'aucune autre, avait tant fait pour mon bonheur.

Cette révolte, c'était Elena, que je me figurais avoir abandonnée au profit d'une autre que j'aimais moins.

Antonia, qui ignorait mes pensées dans ces moments-là, me voyant tourmenté, redoublait d'attentions à mon égard. Alors je ne trouvais rien de mieux que de la chasser de mon bureau, de les repousser, elle et son éprouvante sollicitude, sa gentillesse étouffante, de la maudire tout entière et la mépriser de ne rien comprendre à ce qui m'agitait. Bien sûr, je le regrettais aussitôt et me répandais ensuite en mille marques d'affection qu'elle accueillait avec une naïveté désarmante. Ce qui, peut-être, m'agaçait davantage.

Notre vie était un cycle sans fin d'exaspération, de remords et d'élans de tendresse. Je me consolais de ma cruauté en me répétant que mon épouse était une femme solide, et me persuadais qu'elle ne pourrait jamais deviner la cause de ces tourments. Antonia, contrairement à moi, possède une âme forte, ainsi qu'une santé et une sérénité que l'on retrouve chez ces personnes pleines de bon sens et de bonté, comme si cette qualité – et j'en suis convaincu – renforçait les défenses immunitaires.

Son intense activité est également l'un des secrets de son bonheur. Antonia ne s'ennuie jamais. Antonia est une abeille enjouée, dévouée à nos deux filles, à ses amies, et au confort de sa ruche. Elle la remplit régulièrement de brassées de fleurs, de bibelots inutiles, de bougies parfumées et de dîners joyeux. Le temps qu'il lui reste, elle le consacre à la gymnastique, à l'organisation de nos vacances et de nos loisirs, ainsi qu'à son association pour les démunis de Rome. Tout cela comble si bien son esprit qu'il n'y a plus la moindre place pour laisser le doute y prospérer.

Antonia me rappelait récemment combien elle m'avait aimé follement et combien elle trouvait à présent cette passion grotesque.

Je dois l'admettre aujourd'hui, sa passion, telle qu'elle l'entendait, me gênait. Je ne l'estimais pas à même d'éprouver une émotion que je jugeais réservée à des êtres supérieurs, dotés d'une puissance romanesque et d'une conception poétique de l'existence. Or il n'y avait rien de poétique ni de romanesque en elle. C'était une épouse, une mère de famille, une femme d'intérieur et de randonnées balisées, un être pragmatique et rationnel.

Aussi, à l'époque, j'étais homme à ne voir la beauté que lorsqu'elle s'agitait en lettres de néon sous mes yeux.

— C'était une passion très raisonnable, lui répondis-je ce jour-là. Tu n'étais pas du genre à perdre vraiment la tête. C'est d'ailleurs ce que j'aime tant chez toi.

— C'est certain que je ne me serais pas taillé les veines pour un homme. Ni pour toi ni pour un autre ! s'esclaffa-t-elle.

Cette réponse aussi prompte que franche m'avait un peu vexé. Ces légers dépits qui ont ponctué notre vie conjugale me réjouissent néanmoins, car ils me convainquent que je l'aime bien plus que je ne le pense.

Mais qu'y puis-je ? Depuis des siècles je triche avec moi-même : c'est Elena que j'ai toujours désirée.

Je pourrais ici donner des milliers d'exemples qui témoignent de cet amour mais je citerai juste ce jour où, Antonia m'annonçant qu'Elena venait dîner, je recouvrai, le temps de réaliser mon erreur (elle parlait en réalité d'une autre Elena), des émotions que je pensais éteintes, des sensations si vives que mon cœur déshabitué peina à en supporter la charge; je faillis avoir une attaque.

Devant mon trouble, Antonia, pourtant si peu jalouse, pensa que son amie me plaisait. Je me perdis en justifications et ne parvins jamais à effacer ce doute de son esprit. Elle annula le dîner ce soir-là et n'invita plus jamais son amie à la maison, par sécurité, m'assura-t-elle.

III

J'aime toujours Elena. Et parce que je suis un père et un mari responsable, j'ai appris il y a longtemps à contenir cet élan. Mais pas son souvenir. Il me venait sans prévenir, sans même s'accompagner d'un accès d'émotion. Je ne ressentais rien de particulier, je pensais à elle si souvent que c'en était devenu banal, une pensée aussi familière que celle qui me menait chaque matin jusqu'à la boulangerie du bas de la rue afin d'y acheter les brioches pour Antonia et nos filles. Je pensais à elle, rien de plus, et mon corps, comme mon cœur, se mettait au diapason du sien, nous marchions côte à côte et discutions de tout et de rien.

Il est arrivé quelques fois qu'Antonia s'interroge sur cet air un peu stupide et absent que me donnaient mes conversations secrètes avec Elena. J'étais alors tenté de lui en expliquer la cause. Antonia a toujours su consoler nos deux filles de leurs chagrins d'amour (surtout ceux de Clara qui se succédaient, la pauvre enfant ayant tout pris du caractère de son père) et je me suis souvent dit : ouvre-toi à elle ! Explique-lui une bonne fois pour toutes ce qui te ronge, raconte-lui ! Elle saura sûrement trouver une solution. Mais,

Dieu merci, le bon sens me revenait toujours à temps et j'ai pu lui épargner mes obsessions.

Cependant, elles n'avaient pas disparu pour autant.

Alors, pour les apaiser, pour me rassurer sur le bien-fondé des choix curieux qui ont déterminé ma vie, ce mariage par exemple, j'ai longtemps eu recours à une méthode assez efficace : je relis Sénèque, m'imprègne de sa joyeuse rhétorique du bonheur et, les yeux mi-clos, calé dans mon fauteuil préféré, je la récite, la ressasse : *restriction des désirs, suppression des passions, vertu, morale et raison, tempérance et détachement...*

Gorgé de tant de sagesse, je contemple ces trente dernières années et conviens que – de ce point de vue du moins – je suis un homme comblé.

Pendant quelques jours, je navigue, non sans défiance, comme on nagerait au milieu d'une eau tiède mais un peu trouble, dans une sorte de ravissement. Tout me paraît enfin à sa place, moi compris. Mes inquiétudes ont disparu ; Elena n'est plus qu'une ex-petite amie ; Antonia redevient la femme la plus importante de ma vie ; mon foyer est mon royaume et tout baigne dans une placide ataraxie. Mais les effets de cette méditation s'évaporent et une voix menaçante me demande combien de temps je compte tricher ainsi. *L'heure des décisions irrévocables n'a-t-elle pas sonné ? Ton honneur ne t'impose-t-il pas de te résoudre aux risques et aux sacrifices d'une guerre ?*[1]

Je me réveille en sueur, les tempes et le dos trempés. Benito et la foule ont quitté ma chambre, Antonia dort paisiblement à mes côtés, portée par les songes de notre amour sans histoire.

---

1. Allusions au discours de déclaration de guerre de Mussolini en 1940.

Mais Dieu seul sait ce que je serais devenu sans elle, sans Antonia. Je serais sans doute encore en train d'errer dans quelque soirée à la recherche d'Elena ou de son sosie. Usé et faussement gai, sentant la fin et l'eau de toilette, jamais ivre, toujours digne, au cas où elle apparaîtrait.

IV

La véritable coupable de toute cette histoire, ce serait Alberta Maria Vittoria Caccevelli. Huit ans, quand j'en avais sept. La fillette avait refusé de tenir ma main pour m'accompagner chez l'épicier, alors qu'elle avait distribué, comme son père, le maire de la ville, le lui avait demandé, un baiser à toute l'équipe de foot de Santa Maria di Leuca.

Maman m'expliqua que souvent les filles amoureuses agissent ainsi, à l'opposé de leurs souhaits intimes. Par pudeur. Leur éducation le leur dicte. Papa pensait différemment et déclara que la petite était une salope, comme sa mère.

Alberta n'était ni amoureuse ni une salope. Elle ne voulait pas me prendre la main parce qu'elle n'en avait pas envie. J'étais maigrichon, j'avais les genoux cagneux, je portais des lunettes rondes de vieux notaire et les nombreuses disputes de mes parents m'avaient donné l'air incertain. Comment, dans ces conditions, la pauvre enfant aurait-elle eu envie de me prendre la main ? Heureusement, en vieillissant, je m'étais un peu amélioré. Il arrivait même que l'on me trouvât beau. J'avais un visage assez banal mais régulier, une mâchoire bien dessinée et le nez droit. J'étais mince.

Et lorsque je portais un costume et une chemise, lorsque je me tenais droit, les épaules carrées, que je me sentais maître de moi et ne laissais aucune peur me dominer, alors, j'aurais pu le jurer, les femmes me regardaient avec envie ! Mais ces moments ne duraient jamais longtemps. J'avais, le plus souvent, l'air d'un type inoffensif. Un type qui, pour complaire, amusait à ses dépens.

Alberta était une fillette sérieuse, un brin bêcheuse, une petite blonde aux yeux verts et au nez étroit comme un fétu de paille. Ma chère analyste, Ester Lipsky, m'a permis d'établir l'étonnante ressemblance entre Alberta et Elena ainsi qu'avec toutes les femmes que j'ai aimées.

Sans cette ressemblance avec Alberta, peut-être ne serais-je pas tombé si instantanément, si aveuglément amoureux d'Elena. C'est ce que Freud appelle les *Liebesbedingungen* : les conditions du désir.

Plus tard, j'ai souvent été attiré par des femmes aux cheveux mi-longs, blonds et ondulés, aux yeux verts et au nez étroit. D'après ma pertinente analyste, j'ai voulu prendre la main à toutes les femmes susceptibles de me la refuser dans le but de retrouver les effets de mon premier traumatisme amoureux. C'est comme si, toute mon existence, j'avais cherché à tendre la main à un chien qui ressemblerait à celui qui m'avait mordu enfant.

Cette recherche de la première douleur a été le sens de ma vie. Quel fantastique projet, n'est-ce pas ? Lorsque je repense à ce garçon qui venait se heurter aux mêmes femmes comme la phalène qui retourne encore et encore se brûler les ailes au feu de l'ampoule, j'ai un pincement au cœur puis me vient la nausée.

Je ne peux effacer ces revers qui ont, peu à peu, entamé mon courage et ne m'ont guère enseigné autre chose que ce que l'on dit chez nous : *Non c'é trippa pe' gatti*. Pas de viande pour les chats...

Aujourd'hui encore, c'est toujours le même genre de femmes qui aimante mon regard. Et je sens au fond de moi que je serais prêt à sauter à pieds joints dans le malheur s'il se représentait, et peut-être plus encore à mon âge, sachant le peu d'opportunités qu'il me reste.

V

Le mépris d'Alberta conditionna sans doute ma vie sentimentale, mais un autre événement de mon enfance cristallisa la précarité de mon caractère.

J'étais de retour d'un voyage scolaire. J'avais passé dix jours en Sardaigne avec ma classe. Un séjour pénible. Il me tardait de rentrer à la maison, de retrouver ma chambre et mes parents malgré leurs querelles incessantes, et je priais la Sainte Vierge pour qu'ils aient fait la paix à mon retour.

Mon père était venu me chercher à la gare. Ma mère, m'apprit-il, était en visite chez une tante malade. Nous roulions vers Bari quand soudain papa se cabra. Il se mit à jurer, à klaxonner, à cogner son volant, puis ouvrit la fenêtre et appela maman. Je me dressai sur mon siège et la cherchai dans les voitures alentour. Mon père accéléra pour se mettre à la hauteur d'un coupé sport bleu ciel, et je la vis : un foulard couvrait ses cheveux ; elle était assise à côté d'un homme que je ne connaissais pas mais qui me parut sortir d'un film. Ma mère, si belle ce jour-là, se tourna vers mon père et, quand elle nous reconnut, elle prit l'air terrifié puis se cacha derrière ses mains. Je criai « Bonjour maman ! Bonjour maman ! » en lui adressant de grands signes, heureux de cette incroyable coïncidence qui, curieusement, ne réjouissait que moi. Mon père donna quelques coups d'accélérateur et se rapprocha dangereusement du coupé. Je pris peur et le suppliai de ralentir. Mais il ne m'entendait pas et appuya à fond sur la pédale d'accélération. La Lancia de papa s'élança soudainement, la voiture de maman, pour éviter la nôtre, fit une embardée et, après avoir percuté un camion, vint emboutir un arbre sur le côté de la route.

Ma mère et son amant moururent sur le coup et mon père, alors âgé de soixante-deux ans, fut emprisonné à Taranto.

Cette disparition brutale et prématurée me révéla l'impermanence de toute chose. Tout était éphémère, temporaire et périssable. Rien ne durait. Même ma mère, dont l'immortalité était selon moi aussi indiscutable que celle de la Sainte Vierge.

Ma foi, déjà si ardente, en fut un peu chamboulée, mais en sortit renforcée : le Seigneur, en effet, avait exaucé une de mes prières, celle de ne plus voir mes parents se disputer.

D'après ma psychanalyste, c'est ce jour-là, le jour de la mort de maman, que tout s'était joué. J'étais vraiment heureux de l'entendre me l'annoncer. Parce que Anna Lipsky se montrait tout à coup très investie dans mon analyse, très exaltée et très satisfaite d'elle-même ; ses yeux brillaient comme si elle venait de découvrir la formule de l'azote. Ce qui la rendait encore plus séduisante. Je l'écoutai, enthousiaste, me livrer sa démonstration, dans l'espoir qu'elle déclenche mon salut.

Mais rien ne se produisit.

L'échec de cette thérapie me laissa penser que mon mal était plus grave que je ne l'imaginais, et probablement incurable. Plus tard, je tombai sur cette phrase de Karl Kraus qui m'amusa autant qu'elle m'éclaira : « La psychanalyse est une maladie qui se prend pour son remède. »

Anna Lipsky me rappelait ce médecin qui m'avait reçu en consultation peu avant la mort de ma mère. Le vieil escroc était censé déterminer la cause du mal qui (déjà) m'empêchait de rire et de jouer au football sur la place avec Mimo Calvetto et les autres gamins. D'après le docteur, il ne s'agissait que d'un état passager. Il me prescrivit de l'aspirine, me pinça la joue et nous reconduisit à la porte, gonflé de sa science et de sa superbe. Mais, une fois dehors, je ne remarquai aucun changement et sentis confusément que j'allais devoir m'habituer à cette sorte d'asthénie. Tandis que nous nous dirigions vers la voiture, mes parents, loin devant, s'abreuvaient déjà d'insultes et de menaces, de moqueries et de leur éternel mépris. Je ralentis le pas, espérant peut-être les perdre ou les voir disparaître à jamais au détour d'une rue.

Il me semblait néanmoins que cet état des choses faisait partie d'un ordre préétabli là-haut et qu'il n'y avait rien d'autre à faire que d'attendre. Par la grâce de Dieu, mes parents finiraient peut-être par se réconcilier. Et tandis que je m'habituais à cette condition – je compris que l'on pouvait s'habituer à tout –, la disparition de maman vint interrompre mon malheur tranquille.

De toute mon enfance, je garde, sédimenté au fond de moi, une sorte d'anxiété, d'inquiétude du pire.

VI

Après la mort de ma mère, je dus quitter notre maison de Santa Maria di Leuca, dans les Pouilles, et fus confié à ma tante Lucia.

Installée à Rome depuis la mort de son mari, Lucia était une femme forte, têtue, très généreuse, fidèle à la mémoire de son fortuné et défunt mari mais aussi à celle de feu Benito, qui avait accompli tant de belles choses pour l'Italie.

Nous ne discutions jamais du sujet. Je la respectais trop pour oser la contredire. Je la laissais pérorer sur les qualités de ce dernier et me contentais de lui rappeler, surtout lorsqu'elle se mettait à fredonner *Giovinezza*, que le Duce avait tout de même pactisé avec Hitler.

— Benito s'est laissé embobiner, avait-elle coutume de dire. Il n'était pas tout ce que l'on raconte. Je te rappelle que pendant vingt ans il a eu pour maîtresse une dénommée Sarfatti. Benito a toujours beaucoup aimé les Juifs. Beaucoup.

— Un peu moins après 40, précisais-je.

— Peut-être cette Séfarade l'avait-elle blessé, humilié ! On ne sait pas tout des traumatismes, de ce qui conduit les gens à commettre de vilaines choses, Celso. Si on le savait, sans doute on pardonnerait ! Et puis, qui ne commet pas d'erreurs, hein ? N'en as-tu jamais fait ? Allons. Ressers-moi une part de génoise.

Et tandis que je découpais une part de génoise, elle lançait un regard miséricordieux au portrait de Benito trônant au-dessus de la cheminée.

Malgré ce léger hiatus entre nous, je restai profondément attaché à elle. Elle qui n'avait pu avoir d'enfants se montra bien plus aimante que ma propre mère et s'occupa de moi jusqu'à sa mort, alors que j'étais presque en âge de marcher seul, vers trente-quatre ans.

Mais quand j'avais débarqué chez elle, à onze ans, la pauvre avait eu bien du mal à me sortir de mon mutisme et de ma solitude. Je restais cloué à la maison, puisant les expériences de la jeunesse dans les livres, la radio et la télé plutôt que dans la vie elle-même.

C'est seulement vers quinze ans que j'ai commencé à me mêler aux autres, à leur parler, à échanger, à communiquer. J'ai même eu des occasions d'embrasser des filles et de les amuser. Je me fis ainsi quelques amis, rien de solide cependant. Bref, je prenais part à la vie. Mais j'avançais prudemment, toujours un peu boiteux, comme privé d'une jambe et habitué à vivre sans, alors que je possédais bien les deux ! La vie en société me demandait tant d'efforts qu'il me fallait m'isoler à l'abri des quatre murs de ma chambre pour recouvrer mes forces.

J'ai ensuite arrangé une grande partie de ma vie sur ce modèle. Dressant des murs entre la réalité et moi. Hélas, ce remède se révéla pire que le mal. Les événements me parvenaient, certes, un peu plus ouatés, mais j'entendais toujours les bruits de la vie et son tumulte. Et cette effervescence m'empêchait de me réjouir de ma solitude.

Quand je pense que j'ai bâti ma vie autour d'une idée germée dans le cervelet d'un gosse à peine pubère ! Comme si je persistais, adulte, à vivre dans le fragile château de sable que j'avais construit, enfant, sur les rives de l'Adriatique. Avec quelle obstination, quelle constance je suis resté fidèle à ce gamin bancal et au chemin tortueux qu'il avait tracé ! Parce que avec le temps, en effet, je me suis habitué à cet état. Et en sortir me fichait une peur bleue car cela signifiait qu'il fallait vivre.

VII

Quelques jours avant de la rencontrer, le 11 juin 1982, alors que je quittais l'appartement d'Antonia, ma maîtresse à l'époque, je trouvai ma voiture, garée dans une rue de Testaccio, entièrement couverte de graffitis :

RICCHI DI MERDA
(Riches de merde)
LA LOTTA CONTINUA
(La lutte continue)
AZIONE RIVOLUZIONARIA ANTICAPITALISTA
(Action révolutionnaire anticapitaliste)
I SINDACATI SONO I LECCAPIEDI DEI PADRONI
(Les syndicats sont les lèche-bottes du patronat)
IL PADRONATO SUCCHIA IL SANGUE DEL POPOLO
(Le patronat suce le sang du peuple)
IL PADRONATO TI MANDA A FANCULO STRONZO DI MERDA !
(Le patronat t'emmerde, connard de merde !)
Et aussi :
SOGNO DI SCOPARE SABRINA
(Je rêve de baiser Sabrina)

Ou encore :
VAFFANCULO
(Va te faire foutre)
Et enfin :
FORZA GLI AZZURI
(Vive les Bleus)

Sur le pare-brise et les vitres étaient dessinés des poings levés, des étoiles, des faucilles et des marteaux, des sigles anarchistes et des symboles peace & love.

Il semblait que d'irréductibles révolutionnaires s'étaient donné rendez-vous autour de ma voiture afin de reprendre le débat social.

« Riches de merde »... Moi qui m'étais saigné aux quatre veines pour acheter cette merveille. Une petite MG roadster de 1970, d'un très joli jaune canari. Je n'avais pas fini de la payer, j'en avais profité à peine huit mois, et tous mes droits d'auteur y étaient passés.

Pour refaire la peinture, le carrossier me demandait près de trois cent mille lires. On venait de bousiller mon jouet préféré et je n'étais pas en mesure de le réparer. Tout était temporaire et périssable. Finalement, rien ne durait, hormis ces longues années de plomb.

Le Grand Bonheur m'étant impénétrable, je me contentai de plus ou moins grandes satisfactions, comme cette stupide et coûteuse voiture, désormais inutilisable. Je l'abandonnai au garage sous le voile pudique d'une bâche terne. J'avais le cœur déchiré et des scrupules à traiter ainsi celle qui m'avait donné tant de joie. Mais la voir grimée, salie et ridiculisée de la sorte me couvrait, moi son propriétaire, des mêmes tares.

Après cette énième déconvenue, je décidai de renoncer au plaisir, le temps que le vent me soit plus favorable. J'entrai dans une ère d'austérité comme on entre dans les ordres.

J'aurais pu m'essayer à l'ascèse, en profiter pour tendre vers une forme de perfection morale et physique. Un peu de sport ne m'aurait pas nui ; il m'aurait étoffé, endurci, aurait fait de moi un homme neuf et plein d'élan. Seulement, j'étais bien trop abattu et paresseux pour m'imposer une quelconque discipline, qu'elle fût spirituelle ou physique. Je fis donc une dépression.

J'étais usé de tout et seul : Antonia, qui partageait alors certaines de mes nuits, m'apprit le soir même qu'elle me quittait, lassée par mon manque d'enthousiasme.

Puis, la nature qui fait repousser l'herbe sur une terre brûlée reprit ses droits. Mais cette étrange virtuose, capable dans sa prodigieuse diversité des plus beaux accords et des plus harmonieux tableaux, produit parfois quelques ratés et, facétieuse, s'amuse à assembler des espèces incompatibles et même toxiques l'une pour l'autre.

C'est ainsi qu'au cours d'un dîner, elle me fit rencontrer Elena. Elle avait vingt-quatre ans et des paillettes, j'en avais trente et des poussières.

VIII

Elle portait une robe violette assez courte et des escarpins à talons parme.

Nous étions une douzaine de journalistes, auteurs et éditeurs invités à l'occasion d'un dîner littéraire.

Mon ancienne renommée – le roman que j'avais écrit à vingt-sept ans avait connu un grand succès –, mon statut de critique littéraire me valaient d'être invité à de nombreuses soirées. Je n'avais écrit qu'un livre ; j'en avais tiré une belle gloire mais, n'ayant pas été capable de renouveler l'exploit, j'écrivais désormais des articles divers dans quelques revues plus ou moins culturelles telles que *Il Popolo*, *La Repubblica*, *La Gazzetta dello Sport*, ou *Oggi*...

Je l'avais repérée, ou plutôt nous l'avions tous repérée, les huit mâles présents. Elena était bien trop belle pour moi, et je renonçai à participer à la compétition.

Mais la maîtresse de maison, Ginevra Bellini, à qui je venais de raconter les malheurs de mon automobile, décida de me placer à côté d'Elena. « Voilà de quoi te remonter le moral », me glissa notre hôtesse à l'oreille. Mais je n'étais pas d'attaque à flirter avec qui que ce soit, surtout pas avec la plus jolie fille du monde.

— Elena Giaconni. Je suis enchantée, me dit-elle alors que nous nous installions à table. J'ai adoré votre premier roman.

— Giaconni... vous êtes de Toscane ?

— Du Piémont. Mais je connais bien la Toscane.

— Je suis désolé, je n'ai pas lu votre recueil de poèmes... Je ne savais pas que vous seriez invitée, encore moins que vous seriez ma voisine.

Quel malheur qu'elle soit si belle ! Je l'aurais souhaitée un peu moins spectaculaire ; un regard légèrement divergent, une oreille décollée, des chevilles un peu fortes m'auraient donné de l'audace. Tandis que je la dévisageais, elle me guettait, cherchant sans doute à comprendre pourquoi elle faisait l'objet d'un tel examen. Sans même voir son désarroi, perdu dans mes cogitations, je bus une gorgée de vin, puis me tournai vers ma voisine de gauche, Porzia Bellini, une éditrice nonagénaire, et tâchai d'oublier Elena. Mais alors que le bavardage de la vieille Bellini m'engourdissait, son voisin sollicita sa plus grande attention. Sans préambule, l'ingrate me délaissa au beau milieu de sa phrase. J'adressai quelques sourires aux convives, ris de reparties qui ne m'étaient pas destinées, tentai de m'introduire dans les conversations voisines, puis de guerre lasse, cherchai à disparaître derrière mon verre de vin blanc.

— Vous auriez du feu ? me demanda-t-elle.

Je sortis mon briquet de ma poche et le fis glisser jusqu'à sa main posée à quelques centimètres de la mienne. Je n'étais pas encore prêt à affronter son regard.

Elle fumait sa cigarette en silence.

— Je dois me tromper parce que je n'y vois pas de raison, mais j'ai l'impression que vous m'évitez.

— Non ! Non ! Bien sûr que non ! Je suis désolé... j'étais bien obligé de faire la conversation à ma voisine pour ne pas paraître grossier... Mais... en réalité, j'aurais dû rester à la maison, je suis un peu... disons que j'ai quelques soucis...

J'ignorais moi-même ce que j'avais voulu dire. Je regrettai d'abord, puis, après coup, cette réponse ne me parut pas si absurde. Elle avait le mérite d'être sincère (j'avais bien en permanence quelques soucis, en cela je n'avais pas menti) et il n'existait pas de meilleure façon de se présenter à la femme de sa vie.

— Rien de trop grave, j'espère ?

— Grave ? Non... enfin...

J'attendais que la suite jaillisse d'elle-même, puisque manifestement je ne contrôlais plus grand-chose. Mais rien de sensé ne se présentait. Et comme souvent, trop occupé à me regarder agir et à m'écouter penser, j'eus toutes les peines du monde à rassembler mes idées et à trouver une réponse cohérente. Elena, obstinée, me guettait.

— Bon, dit-elle.

Elle écrasa sa cigarette et se tourna vers son voisin de droite.

— Je repensais à l'accident qui a causé la mort de maman, déclarai-je en me penchant vers elle.

Elle se tourna vers moi, la main sur la poitrine.

— Oh, mon Dieu. Je suis désolée... Quand est-ce arrivé ?

— Ce n'est pas très vieux.

C'était un demi-mensonge. Chaque fois que j'y repensais, il me revenait avec tant de détails, de couleurs et de violence que la mort de maman me semblait presque récente. Et puis, en ayant suffisamment souffert, j'estimais avoir le droit d'en tirer quelque avantage, même dix-sept ans plus tard.

— J'ai perdu mes parents, moi aussi.

— Oh, mon Dieu ! Quelle tragique coïncidence !

Elle m'expliqua, dans un faible sourire, que ses parents avaient péri deux ans plus tôt, lors de l'attentat de la gare de Bologne.

Elena parlait sans s'émouvoir, évoquant ses souvenirs avec un certain détachement. Quand elle eut fini son récit, elle vida son verre d'un trait et le reposa d'un geste décidé sur la table, l'air de dire : *Voilà, c'est comme ça ! C'est la vie !*

Comme j'avais honte ! J'avais voulu tirer profit d'un drame personnel ancien de près de dix-sept ans, et voilà qu'elle répliquait par une tragédie nationale qui fumait encore dans les esprits.

Il était trop tard pour que je rétablisse l'entière vérité. Je la laissai me raconter dignement sa peine. Elle me dressa un bref mais poignant portrait de sa mère tant aimée puis, s'excusant de s'être trop épanchée, me questionna sur la mienne. J'avais rarement vu, dans mon entourage, tant de compassion. Bouche bée, elle grimaçait ou fermait les yeux, vivant mon récit comme une enfant devant un épisode de *Pinocchio*.

J'avais affaire à une âme sensible autant que généreuse. Cette bonté inattendue m'ébranla d'abord, puis scella définitivement cet amour à peine éclos.

IX

Par bonheur, elle prit les devants et m'appela quelques jours plus tard, là où il m'aurait fallu des mois pour en trouver le courage. Elle me proposait de prendre un verre. Il était 8 heures du matin. Ce qui était tout de même un peu tôt.

— Oh ! Elena ! Comment all... Pardon ? Maintenant ?... Pourquoi pas ? Quelle heure est... Oh ! Eh bien... Je... Il est tôt pour un verre, non ? Ah ? Il fait très beau ? Oui... dans ce cas... Après tout, pourquoi pas ! D'accord ! J'arrive. Je suis là dans quinze minutes ! Cinq ? Eh bien... ça risque d'être... très bien, je me dépêche, attendez-moi, d'accord ?

Elle était dans le quartier, avait-elle dit. Piazza del Colosseo. À moins de trouver un taxi en chemin, j'en avais bien pour quinze minutes en courant.

Je bondis hors de mon lit ; puis, nu comme un ver, je me précipitai jusqu'à la salle de bains, au bout du long couloir. Dans le miroir, je découvris un homme hirsute et affolé. Je réalisai à quels risibles extrêmes Elena, dès notre premier rendez-vous, me conduisait.

Je vivais jusqu'alors d'amourettes. À vrai dire, j'étais un homme facile et j'acceptais toutes les propositions qui m'apportaient des plaisirs simples. Avec Elena, les choses s'annonçaient différemment. La jeune femme ne ressemblait pas à celles, plutôt communes, qui me sollicitaient habituellement. Mes compagnes n'étaient jamais les plus séduisantes. Dans un renoncement plus ou moins conscient, les femmes venaient à moi pour les mêmes raisons que j'allais à elles.

J'avais enregistré très tôt cette donnée (grâce à la petite Alberta) ; j'y étais habitué et je pouvais donc les côtoyer sans paraître trop ému. Je comparais les belles femmes aux fruits de mer : je suis allergique aux fruits de mer, je n'en mange pas et je me porte très bien.

Il arriva que certaines tombent amoureuses. Au point, pour quelques-unes, de perdre la tête. La raison en était simple : je ne les aimais pas. Il y avait aussi celles qui m'aimaient sur un malentendu. Lorsqu'une histoire avec une femme un peu trop attirante commençait à me torturer les méninges, je renonçais en deux temps. D'abord j'orientais notre relation en la débarrassant de tout enjeu sentimental ou sexuel. Ainsi vidés de leur substance, nos rapports m'apparaissaient plus légers. Je pouvais alors me montrer drôle et spirituel et, même, me laisser aller à plastronner. C'est sur cette méprise que certaines d'entre elles en venaient finalement à m'aimer : elles me voyaient en fanfaron, tout ce que je n'étais pas.

En revanche, dès que je me montrais tel que j'étais, sentimental, tendre comme un beignet gorgé de miel, prêt à aimer de toute mon âme, ces couleuvres me filaient entre les doigts. Je connaissais tellement ce penchant féminin que je ne m'en étonnais plus et usais parfois de ce stratagème pour interrompre quelques histoires sans importance.

Mon rapport aux femmes a donc toujours été fait de complications plus que de complexité. Quelle que soit la relation, je me trouvais contraint de passer d'un rôle à un autre, ne sachant jamais comment leur plaire, m'accordant à leurs désirs en étouffant les miens, n'étant jamais moi-même.

Elena, elle, possédait un supplément d'humanité. Ce qui me faisait croire que ni mes faiblesses ni mes défauts ne la rebuteraient ou ne l'éloigneraient. Avec Elena, je pouvais agir différemment.

Ce matin-là, je commençai par me calmer. Même s'il me semblait qu'il m'aurait fallu au contraire agir vite, me dépêcher de profiter d'elle, de son rayonnement et de l'intérêt que j'avais miraculeusement suscité. Je me passai de l'eau sur le visage, arrangeai mes cheveux et recouvrai mes esprits. Je me fis le serment, main sur le cœur, de ne plus jamais perdre ces derniers, de rester réfléchi, mesuré, de ne pas m'emporter, ne pas m'oublier, ne pas l'adorer aveuglément, ne pas désespérer, ni m'accabler, ni vouloir mourir si elle disparaissait de ma vie.

Plus que jamais, j'allais devoir me contraindre, j'allais devoir paraître maître de moi alors que je pressentais déjà les ondes d'un immense fracas. Mais renoncer à Elena n'était hélas plus envisageable. Plutôt que de vivre rongé par le regret, je choisis, pour la première fois, d'affronter ma peur.

Pour ce premier rendez-vous, je décidai aussi de ne pas lui accorder tout le pouvoir que je lui prêtais et m'efforçai de lui trouver des défauts aussi bien physiques que moraux. Ce fut assez facile, je me rappelai la petitesse de son nez et ses lèvres charnues qu'elle soulignait de rouge vif. Et je ris en songeant à la grossière caricature qu'on pouvait tirer d'un visage pareil. C'est avec cette image d'elle peu séduisante que je me rendis au rendez-vous. J'arrivai au café avec quinze minutes de retard, désinvolte et plein d'audace.

Elle agita la main à mon attention ; déjà, je refrénais les battements de mon cœur. Sa beauté me frappa à nouveau, et j'eus honte du portrait moqueur que j'en avais brossé dans le seul but de me rassurer ; c'était pour le coup une attitude fort peu virile.

Quand je la rejoignis, elle rassemblait ses affaires dans son mini-sac posé sur ses mini-genoux.

— Vous partez ? demandai-je.

— Mais oui ! Je vous ai dit que je ne pouvais pas rester longtemps ! J'ai rendez-vous au Colisée, ils veulent qu'on fasse l'interview là-bas... C'est dommage.

Elle semblait réellement désolée et leva vers moi un regard doux et abattu. Quel crétin...

— Vous faites quoi après ? demanda-t-elle en regardant sa montre. Disons dans deux heures ?

— Eh bien... je serai chez moi à travailler.

— Je pourrais passer ? J'apporterais des croissants et des fruits, et on fera un vrai petit déjeuner. Ça vous dit ?

X

Je logeais au quatrième et dernier étage d'un très joli immeuble florentin en stuc rose de la via San Teodoro, dans le quartier de Campitelli. J'occupais, enfin, je flottais, flânais, errais dans un appartement bien trop grand pour moi, qui appartenait à tante Lucia. Elle habitait un peu plus haut dans la rue et je lui rendais visite chaque dimanche.

J'adorais cet appartement, et ma tante, dont j'étais si proche, ne voulait pas d'un autre locataire. Elle était très âgée mais aussi très alerte et menaçait ses autres neveux de se suicider s'ils tentaient quoi que ce soit pour m'en déloger. Je lui dis un jour, alors que je buvais un thé chez elle, qu'elle devait trouver un autre moyen de pression car c'était sans doute ce qu'ils attendaient. Elle rit tant que je crus qu'elle convulsait.

J'aimais cet appartement. Il était seulement meublé de quelques belles pièces que j'avais rapportées de la demeure familiale, ainsi que d'un piano. Il me rappelait mon pays et la villa encadrée de cyprès où nous avions vécu, mes parents et moi. Il était silencieux et sombre. Il y manquait sûrement un peu de vie.

La vue de chez moi ne m'en apportait guère puisqu'il donnait sur les ruines du mont Palatin. Mais, même si leur vision m'invitait plus à la mélancolie qu'à l'euphorie, la proximité quotidienne de ces vestiges me donnait l'illusion, à moi, simple spectateur reclus derrière ses fenêtres, d'être inscrit dans l'Histoire.

Tandis que je rangeais quelques affaires en attendant l'arrivée d'Elena, l'appartement m'apparut lugubre et désincarné. J'ouvris les fenêtres. Le bruit de la rue s'engouffra dans la pièce, amenant un peu de gaieté avec lui.

Il fallait de la musique. Que pouvait-elle écouter ? Voyons, elle avait vingt-quatre ans... Elle devait aimer Baltimora, Andrea, ou peut-être Pino D'Angio. Pour ma part, j'aimais le jazz, et le classique. J'avais trente ans et déjà des goûts de vieux. Je choisis Gershwin. *Porgy and Bess* me met toujours de joyeuse humeur, encore aujourd'hui, et j'avais remarqué que la musique de Gershwin réveillait des pulsions romantiques chez de nombreuses femmes.

Ensuite, j'allai disposer sur la grande table du salon les fruits, les fromages, les jambons que j'avais achetés chez Ivreze. J'ajoutai une carafe de jus d'orange et de beaux verres en cristal. J'arrangeai la grosse grappe de muscat pour que l'ensemble compose une nature morte flamande.

Elle n'était pas encore là que déjà son influence se faisait sentir. Tout était plus joyeux. Je regardai ma montre, plus qu'une demi-heure...

J'allai m'occuper l'esprit en travaillant.

Je n'y arrivais pas. Je guettais le moindre bruit venant du palier.

Elle était en retard et je n'étais plus capable de me concentrer sur autre chose. Je faisais les cent pas au salon. Je picorais du raisin. *Porgy and Bess* passait pour la troisième fois. La clarinette ne m'enchantait plus, elle me vrillait les tympans; j'éteignis. Le bruit de la rue m'empêchait de penser. Je fermai les fenêtres et le silence revint.

Midi. Elle avait deux heures de retard et elle n'appelait pas... Je m'allongeai sur le canapé, posai mes pieds sur l'accoudoir, et attendis. J'inspectai mes ongles, propres et coupés court, roses et nacrés comme l'intérieur d'un coquillage. Cuticules repoussées. J'avais des ongles de jeune fille en fleur.

Elle m'avait vu en plein jour cette fois; elle avait dû percevoir mon insignifiance. Ou penser que j'étais trop vieux pour elle. Ou pas assez viril. Peu importe. Il y avait des centaines de raisons de ne pas m'aimer.

Elle me téléphonerait plus tard pour me dire combien elle était désolée, que son rendez-vous s'était prolongé. « Revoyons-nous un de ces jours. » Et je serais aimable, et même gai, je dirais: « Mais avec plaisir! J'ai moi-même beaucoup de travail, ça m'arrange un peu... » Je rirais et je raccrocherais, anéanti, oubliant déjà mes grandes résolutions.

Une mouche vint se poser sur mon nez. Je la chassai d'un geste, mais quelques instants après elle s'y posa de nouveau. Je la chassai encore. L'effrontée revenait à la charge! Ce cirque dura quelques minutes, jusqu'à ce que je bondisse sur mes pieds, déterminé à la tuer, elle et toute sa descendance.

J'étais à présent tout à fait résolu à oublier Elena. Comme toujours dans les premiers instants suivant une déception, j'allai chercher en moi toutes les forces qu'il me restait, que je n'avais pas gâchées à trop aimer, ou à m'illusionner. J'en rassemblai assez pour atténuer les nombreux charmes et qualités d'Elena. Elle redevenait une jeune femme, certes jolie, mais comme il y en avait tant. Elle reprenait une place anonyme dans la cohorte des belles filles que comptait Rome.

Allez !

J'avais plein de travail. Des articles en retard. J'allais m'y mettre sérieusement. Et, pourquoi pas, commencer un nouveau roman. J'affirmai ma résolution en me répétant qu'Elena était vulgaire. Ce qui, d'un certain point de vue, n'était pas entièrement faux mais qui, au premier coup d'œil, m'avait bien plu.

J'étais à nouveau plein d'allant pour redémarrer une vie saine. J'envisageai même, pendant que j'y étais, de me marier avec la prochaine femme capable de m'apporter un peu de tranquillité, qu'elle fût belle ou moche, jeune ou vieille. Mince ou même un peu grasse. L'urgence de trouver une issue à notre désespoir nous conduit bien souvent à de tragiques résolutions, comme le mariage.

Je rapportais le plateau à la cuisine lorsqu'on sonna à la porte. Ce devait être Odetta, la gardienne, qui m'apportait le courrier.

— Désolée, désolée, désolée ! lança Elena, essoufflée, un sachet gonflé de brioches entre les mains.

Nous avons déjeuné, les fenêtres grandes ouvertes sur les ruines impériales qui ne manquèrent pas d'éblouir Elena lorsqu'elle les découvrit de mon balcon. Je ne pus m'empêcher d'en tirer quelque orgueil, considérant, à force de les côtoyer, que j'en étais le propriétaire. Ou tout au moins le gardien.

Le soleil étirait ses rayons sur le parquet et les lambris. Parfois, en bougeant sur sa chaise, Elena entrait dans un rai de lumière. Alors elle fermait les yeux pour mieux savourer la douceur de l'instant et continuait de parler, la bouche pleine de muscat, un éclat de soleil sur le nez.

Puis nous avons fait l'amour. Plusieurs fois. Des centaines de fois.

À plusieurs reprises, je m'éclipsai dans la salle de bains pour y reprendre mon souffle. Je n'étais pas épuisé, juste bouleversé. Je pensais que je ne revivrais jamais ça. Je pensais que je ne saurais pas gérer l'après-Elena puisqu'il était évident qu'elle me quitterait un jour ou l'autre.

Je n'arrivais plus à lui faire l'amour. Je l'aimais déjà trop. J'étais profondément triste, malheureux d'une éventuelle rupture alors que nous n'en étions qu'aux prémices et qu'elles laissaient, à cet instant précis, présager le meilleur. Mais ce n'est que la conséquence de mon grand mal : l'aspect éphémère, fugitif des choses, en particulier celui du bonheur, me procure une tristesse infinie. C'est pour cette raison que, bien souvent, lorsqu'il m'arrive d'être heureux, très vite le chagrin me rattrape.

J'inventai un problème aux yeux, un legs de ma mère, et Elena fit semblant de me croire. Nous étions allongés, silencieux. Elle s'endormait sur mon épaule et moi je m'enivrais de son haleine à l'amande. Car la peau, les cheveux et l'haleine d'Elena sentaient le parfum doucereux de ce fruit.

En partant tard le soir, entre autres déclarations, elle m'avoua qu'elle n'avait cessé de penser à moi depuis notre première rencontre. Je la serrai dans mes bras puis la libérai avec peine. Mon corps vibrait littéralement. Comme si le bourdon de la basilique Saint-Pierre avait sonné tout près de moi.

Je demeurai sur le palier jusqu'à ce que l'ascenseur disparaisse de ma vue. Encore un peu, je guettai le déclic métallique de la porte d'entrée, puis sa lente fermeture.

Voilà, elle était partie et je retournais à ma vie silencieuse.

Mais le lendemain, elle revenait ! Et tout recommençait ! La vie reprenait. De longues journées de joyeuses orgies. Nous vivions quasiment nus.

Puis elle repartait...

Et elle revenait.

Je dormais en son absence et ne m'éveillais qu'à son retour. Sans elle, le monde m'était indifférent.

Ensemble, on se bâfrait de nourritures bizarres et raffinées que nous glanions, heureux et stupides, à nous émerveiller de tout, dans des petites épiceries exotiques et odorantes. Cuisiner et surtout manger, picorer, goûter ou dévorer étaient de nos grands plaisirs. Notre amour nous affamait. Seul, j'avalais les restes froids, sans appétit, debout devant la fenêtre de la cuisine, à contempler mes ruines qui, dans ces moments-là, ne m'étaient d'aucun réconfort.

Je ne voulais plus être moi, je ne voulais qu'être nous. Et je n'aimais rien moins que de redevenir ce moi solitaire, amputé d'elle.

Elle finit par s'installer.

Je la regardais s'agiter, aller et venir entre chez elle et chez nous, sans trop me manifester. Je ne voulais pas interrompre son élan. Je craignais de me montrer trop empressé, et que ma joie, mon amour, tous deux trop grands, l'effraient et la fassent fuir.

Pour le moment, le miracle durait.

Elle rapportait des affaires de chez elle presque chaque jour. Des vêtements, une boîte à bijoux en coquillages. Des produits de beauté. Un oreiller rempli de noyaux de cerises. Des plaids. Un candélabre. Une nappe. Un tableau (qu'elle avait peint... un tigre, un chien, je n'ai jamais su, elle n'était pas très douée pour la peinture). Un aloe vera, une carafe rouge en cristal de Bohême. Une peluche. Des bols à l'effigie du pape. Une lampe dorée en forme d'ananas. Chaque jour, elle sortait une nouvelle surprise de son sac.

Deux mois plus tard, elle avait vidé son appartement et rempli le mien d'un tas de choses inutiles, multicolores, amusantes et souvent moches, mais je les chérissais toutes comme des saintes reliques. Je me demandais comment j'avais pu vivre sans tous ces objets si étonnants. J'avais pour eux la même tendresse qu'une mère pour ses petits.

Une partie de moi commençait à s'apaiser.

Si mes doutes quant à la sincérité de son amour se dissipaient un peu, d'autres tout aussi éprouvants s'installèrent en même temps que notre histoire : j'étais jaloux. Jaloux et inquiet. Je craignais qu'on me la vole, qu'elle se lasse ; oui, elle m'aimait peut-être, mais pour combien de temps ? J'avais peur qu'elle rencontre un type épatant. Qu'elle reprenne son amour aussi rapidement qu'elle me l'avait donné. Qu'elle cesse de m'aimer avec ou sans raison.

En réalité, même si j'étais globalement plus heureux, j'étais, par intervalles, bien plus angoissé qu'avant.

XI

Je dois maintenant en venir à l'événement qui a causé le plus grand de mes malheurs. Je traversais alors une de ces épouvantables périodes de jalousie. C'était, je crois, huit mois après notre rencontre. Il y eut beaucoup de moments où la jalousie aliénait mon esprit, où je n'arrivais pas à l'en déloger. Mais cette crise-là fut si pénible que j'en souffris physiquement.

D'infimes détails l'avaient déclenchée. Un regard appuyé à un autre homme, un changement d'humeur insensible, un regard absent tandis que je lui parlais, une nouvelle façon d'embrasser, de me faire l'amour, un morceau de musique qu'elle écoutait en boucle : Elena me trompait. J'allais mourir.

Mon supplice durait depuis quelques jours. Je voulais lui en parler, mais je craignais qu'elle me prenne pour un fou ; je n'avais aucune preuve concrète ! Cette suspicion était le produit de mon cerveau malade. Et puis, il n'était pas dans mon intérêt de lui exposer mes craintes et mes faiblesses. Je connaissais les conséquences de ce genre de confessions.

Alors que je sortais d'un déjeuner et promenais mes tourments dans une ruelle du Trastevere, je croisai Antonia que je n'avais pas revue depuis le jour où j'avais retrouvé ma voiture défigurée.

— Celso ! lança-t-elle en m'étreignant. Tu as si mauvaise mine ! Regarde-toi ! Depuis que tu n'es plus avec moi, tu dépéris !

Elle riait et, en vérité, elle n'avait pas tort. Aimer Elena m'épuisait.

— Moi, j'ai un peu grossi, dit-elle.

Son poids avait toujours été un léger problème, pour elle comme pour moi. J'avouais une nette préférence pour les corps minces et les silhouettes graciles, pas seulement pour des raisons esthétiques mais aussi peut-être parce que les névroses liées à la maigreur m'ont toujours paru plus romantiques que celles liées à l'excès de poids.

— As-tu le temps de prendre un café ? J'ai déménagé, j'habite à deux cents mètres. Viens ! Viens voir comme mon appartement est joli ! Toi qui te moquais tant de l'ancien !

Ma dette envers elle était si grande que je n'osai refuser. Je n'avais cependant aucune envie de la suivre. Sa seule compagnie, son flot de paroles, sa joie incontinente de me voir me dégoûtaient et me donnaient l'impression de rétrograder. Antonia faisait partie de ces femmes que je fréquentais par confort et facilité. J'étais parti d'elles pour arriver, miraculeusement, à Elena et je ne voulais perdre ni Elena ni mes acquis.

— Mmm... Tu n'es pas très content de me voir, hein ! Oh, cette tête que tu fais ! Ce n'est pas grave, je suis avec quelqu'un maintenant, je ne cherchais pas à te piéger, Celso... Ne fais pas ces yeux-là... C'en est presque blessant...

— Antonia, je suis désolé, ça n'a rien à voir avec toi, je suis juste fatigué en ce moment... Je serais très heureux de voir ton nouvel appartement. Et je crois qu'un autre café me ferait du bien ! Allons-y !

Ce n'était pas une bonne idée. Je connaissais mon manque de volonté. Je savais jusqu'où pouvait m'entraîner la culpabilité.

C'était un appartement dans un petit immeuble de trois étages, étroit et un peu décrépit.

— C'est très charmant. Ça sent la vieille pierre.

— Tu veux dire le salpêtre ! C'est à cause des infiltrations. Ils devraient arranger ça bientôt.

Elle me regardait en ouvrant sa porte, et je voulus fuir ; je ne pouvais plus mentir et feindre la joie. L'aversion que j'avais pour elle, ou plutôt pour ce qu'elle me rappelait de moi, menaçait de jaillir.

C'était l'intérieur d'une jeune femme célibataire, coquette, simple et banale, modeste et peu raffinée, gentille et vaguement moderne. Rien n'était vraiment affirmé, contrairement à Elena et son goût pour les babioles moches.

Après une brève visite des lieux, elle me fit asseoir dans le canapé et me prépara un café. Nous parlions de nos vies. Nous ne nous étions pas vus depuis près de dix mois.

Je m'apaisai enfin.

Elle était comme je l'avais quittée : tendre, maternante, concrète. Elle était une épouse et une mère avant même d'être mariée et enceinte.

— Vous allez vous marier ?

— Tu es fou ! Ça ne fait que quelques semaines qu'on est ensemble ! Et puis je t'ai encore en tête, Celso. C'est idiot, non ?

— Un peu. Je veux dire, c'est idiot si ça t'empêche d'être heureuse avec ce garçon.

— Ça n'empêche rien du tout. Au contraire. Je suis heureuse de t'avoir en tête, c'est agréable. Même si je sais que c'est impossible. Et puis, toi, tu ne m'as pas en tête, mais ça ne te rend pas plus heureux pour autant.

Je souris en une sorte d'aveu.

— Et elle ? demanda-t-elle. Elle est heureuse ?

— J'en ai l'impression.

— Je suis sûre qu'elle est très spéciale pour que tu l'aimes à ce point. Je n'ai rien de spécial, moi.

— Ça dépend. Pour quelqu'un qui ne fréquenterait que des femmes comme Elena, tu serais spéciale.

— C'est quoi, une femme comme Elena ?

— Une femme qui n'a peur de rien, par exemple.

Antonia était assise face à moi, dans un fauteuil recouvert de tissu vert pâle, et elle regardait le fond de sa tasse.

— Les gens qui n'ont peur de rien finissent souvent de façon terrible.

J'éclatai de rire. Antonia garda tout son sérieux et mon rire parut la blesser.

— Comment sais-tu cela ?

— Je le vois autour de moi. Moi, la peur m'indique où je peux ou ne peux pas aller. Je m'y fie. Et je suis heureuse comme ça. C'est sûrement pour cela que tu ne m'aimais pas. Je ne suis pas très aventureuse, sourit-elle enfin.

— Et c'est ce que j'aimais chez toi, figure-toi !

— Mais je comprends ce que tu veux dire. Pour moi qui ne fréquente que des garçons gentils et ennuyeux, tu étais spécial. J'ai l'impression que tu l'es toujours.

— Dois-je comprendre que tu me trouvais méchant et distrayant ?

— Un peu ! rit-elle.

J'oubliai Elena. J'écoutais Antonia ; nous bavardions agréablement, je la taquinais, elle se plaignait, protestait, minaudait, je riais.

Et j'oubliai Elena...

Si elle ne m'avait pas embrassé sur la bouche au moment où je partais ; si elle ne m'avait pas caressé les cheveux, la nuque puis les épaules ; si elle ne m'avait pas murmuré qu'elle m'adorait toujours, qu'elle m'aimerait toujours, je serais parti l'honneur sauf. Mais je me laissai faire, car ses caresses et ses mots consolaient aussi bien mon corps que mon ego mis à mal ces derniers temps.

En la quittant une heure après, j'allais mieux. Engourdi, repu, gavé de tout son amour et de son admiration, comme après un repas copieux et roboratif chez tante Lucia.

Je me sentais certes vaguement coupable, mais la seule faute que je pensais avoir commise, c'était surtout à l'égard d'Antonia, que je n'aimais pas et dont je m'étais servi comme d'une purge pour mes tourments. Cet épisode était pour moi si dérisoire, si insignifiant que je n'imaginais pas qu'il pût avoir la moindre incidence sur mon histoire avec Elena : je n'aimais pas Antonia !

Je la revis la semaine suivante. Puis quelques jours plus tard, et encore quelques jours par-ci par-là... Je la voyais dès lors que j'en ressentais le besoin, chaque fois que je me sentais faible ou fragile.

Cette liaison dura près de deux mois, à l'issue desquels mes angoisses s'étaient calmées. Il était temps de rompre avec Antonia, cette aventure n'avait plus de raison d'être. Mais je retardais le moment. Je ne savais pas comment le lui annoncer. Je ne voulais, une fois de plus, ni l'abandonner ni lui montrer quel lâche j'étais ; je ne souhaitais pas qu'elle ne m'aime plus.

Je n'étais pas à l'abri d'une nouvelle crise.

C'est pourtant ce que je fis. Je n'avais pas le choix. Elle était un obstacle entre Elena et moi. Elle était un mensonge, une intruse qui salissait la beauté, l'exclusivité de notre amour.

Je lui accordai toute une après-midi pour la consoler. Mais ce n'était pas suffisant, bien sûr. Elle m'avait aidé à sortir d'un terrible moment de crise, elle avait été mon exutoire, et je la laissais comme elle m'avait retrouvé : effondrée !

Je tentai autant que possible de minimiser la situation. Je l'amusai à mes dépens, dessinant un portrait de moi guère avantageux. Elle riait un peu, par amour, mais finissait toujours en larmes...

La souffrance de l'autre est l'une des choses les plus pénibles à supporter. L'impuissance, l'incompétence qu'elle révèle en nous est redoutable, pointant les limites et les imperfections de notre humanité, et nous ouvre, lorsque nous en devinons l'ampleur, les portes d'un enfer que l'on préférerait ignorer.

Je lui rendis visite pendant encore quelques semaines. Et puis, en la ménageant ainsi, c'était un peu moi que je choyais ; cette fausse bonté me donnait le sentiment de m'élever. Plus j'y mettais du cœur, mieux je me sentais.

Sans le savoir, j'étais en train de creuser ma dette auprès d'Antonia.

Enfin non, je le savais, mais je pensais qu'elle finirait par se dissoudre dans l'eau de la clepsydre.

J'espaçai mes visites et les remplaçai par un abondant courrier. Je lui écrivis des lettres enflammées, des faux regrets, de vrais remords, lui parlai de mes obligations, déclarant que je ne pouvais continuer à m'éparpiller, que tout ça me rendait malade, que je perdais le sommeil.

Je restais toujours très évasif à propos d'Elena. Je ne voulais pas mêler cette dernière à ce qui m'apparaissait de plus en plus distinctement comme une écœurante trahison.

Je souhaitais plus que tout me débarrasser de cette histoire encombrante. Je voulais qu'elle n'ait jamais existé. J'envisageais même de comprendre comment certains meurtres viennent à l'esprit. Bien sûr, cette idée ne fit que me traverser brièvement, et je souris à l'absurdité d'un tel projet : j'étais incapable d'écraser un insecte sans me le reprocher.

Un soir, je rentrai de la rédaction de *Chi*, dans lequel je tenais une chronique.

Elena était dans la salle de bains. Porte fermée. Ce qui n'était jamais arrivé.

— Tu ne veux pas me laisser entrer ?

— Non.

— Et pourquoi, mon amour ? Ouvre, s'il te plaît. Je t'en prie.

— Non.

Je restai quelques secondes à la porte, la main sur la poignée, imaginant le pire : elle savait. Peut-être avait-elle rencontré Antonia ; peut-être Antonia, désespérée, était-elle venue ici, à l'appartement, y avait trouvé Elena et s'était confiée. Les deux femmes, trompées, humiliées par le même homme, s'étaient ouvertes l'une à l'autre.

Elena allait me tuer, mais d'abord elle me quitterait.

Et je mourrais deux fois.

— Celso, lâche la poignée. Va-t'en, s'il te plaît.

J'allai m'asseoir sur le canapé du salon. J'avais toujours ma veste sur moi et mon cartable en cuir à la main.

Je regardais les ruines, au-delà de mes fenêtres. Elles m'accablèrent plus que jamais. Je finirais ma vie seul, à manger des conserves froides face à des vestiges de grandeurs et d'amours éteintes.

Elle sortit enfin de la salle de bains, la mine défaite et les yeux rougis. Je me précipitai vers elle mais elle m'esquiva, tête baissée, puis elle gagna la chambre et se coucha, disparaissant entièrement sous les draps.

Je m'assis au bord du lit et la priai de me répondre.

— Je n'ai rien. C'est juste un coup de blues, ça va passer... Je n'ai pas envie de parler, s'il te plaît. N'insiste pas, je t'en prie, ou je vais encore pleurer.

Vers 3 heures du matin, ses gémissements me réveillèrent. Je me tournai vers elle et quand je la touchai ses pleurs redoublèrent. Elle me repoussa et cacha son visage dans ses bras. J'insistai mais, chaque fois, elle me rejetait avec la même violence.

— Elena, je t'en prie... dis-moi ce qui se passe !

Elle baissa les bras et poussa un cri animal, un peu grotesque, censé, je crois, m'effrayer. Mais lorsque je vis son visage pourpre et enflé, comme tuméfié après une lutte intense, je fus réellement épouvanté.

Elle tendit sa face rouge vers moi et un chapelet d'insultes et de reproches inaudibles sortit de sa bouche déformée par le dégoût. J'entendis : *cette fille... Antonia... vos lettres...* et il ne m'en fallut pas plus.

— Tu n'avais pas le droit de me faire ça ! gémissait-elle. Pas à moi ! J'ai déjà eu ma part de chagrin, non ?

Oh, Seigneur...

Ses plaintes, ses couinements me bouleversèrent. Quel idiot, quel égoïste, je n'avais pensé qu'à moi, alors que j'aurais dû ne penser qu'à elle, la protéger, lui offrir, pourquoi pas, un enfant, une famille puisqu'elle venait de perdre la sienne.

Il me fallut le reste de la nuit et une partie du lendemain pour lui faire entendre que ces lettres et brouillons, qu'elle avait trouvés au fond d'un de mes tiroirs, ne reflétaient pas la réalité. Que j'étais allé voir cette femme comme d'autres vont voir un rebouteux.

Je lui dis que j'avais besoin de forces pour l'affronter. Que je n'étais pas sûr de moi. Et ces forces, j'allais les puiser chez cette jeune femme dont l'amour avait su rehausser l'image médiocre que j'avais de moi-même.

J'avais utilisé Antonia pour m'aguerrir, rien de plus, mais nos lettres racontaient tout autre chose... J'avais entretenu son amour à dessein et ne pensais pas le moindre mot de ce que j'avais pu lui écrire... Antonia, à cette époque, avait si peu d'importance pour moi que j'étais incapable de concevoir qu'elle en eût pour Elena. Et puis, j'avais un peu agi pour nous deux, dans l'intérêt de notre histoire, parce que sans elle, sans Antonia, sans son amour bienfaisant, je ne suis pas sûr que j'aurais eu la force de poursuivre avec Elena ! Je ne suis pas certain que je n'aurais pas précipité notre histoire dans le fossé. Et nous en aurions tous deux souffert. Moi sans doute un peu plus. Alors, même si j'avais conscience de ma terrible faute, j'imaginais que si Elena l'apprenait, elle saurait se montrer clémente. Et même reconnaissante...

Oh, je ne le lui dis pas exactement dans ces termes, il m'était d'ailleurs difficile de m'exprimer. Elena m'interrompait à tout moment par des « Je ne te crois pas » ou bien « Pourquoi, pourquoi tu as fait ça ? », alors même que j'étais en train de le lui expliquer. Aussi, elle me donnait des coups de poing dans les cuisses, les côtes, les épaules, me giflait, frappait ce qu'elle pouvait atteindre et s'effondrait en larmes chaque fois que j'implorais son pardon et lui jurais mon amour, main sur le cœur.

Versant ses dernières larmes, elle me frappa encore, déchargea le reste de sa colère (et Dieu sait comme son corps si menu pouvait en contenir !), ses petits poings fermés, durs et rageurs contre mon épaule, quand je conclus que j'avais fauté parce que je l'aimais trop.

Nous nous endormîmes à l'aube, épuisés, vidés de larmes pour Elena, et de mots pour moi.

La nuit, même brève, avait apaisé nos esprits. Quand j'ouvris les yeux, Elena avait les siens braqués sur moi. Je me tournai vers elle et, avec mille précautions, je caressai sa joue. Elle ne réagit pas et continua de m'observer fixement, sans rancœur ni animosité. Elle semblait prendre la mesure de ce que j'avais fait.

— C'est doublement dégueulasse, soupira-t-elle en se levant. Pour cette fille et pour moi. Tes peurs sont des prétextes, s'écria-t-elle en quittant la chambre. Que tu gâches ta vie, c'est une chose, mais que tu gâches celle des autres est minable.

Elle poursuivit son réquisitoire en s'éloignant vers la cuisine. Je n'entendais plus à la fin que les intonations véhémentes de sa voix.

Je jugeai préférable d'attendre avant de la rejoindre.

Quand j'arrivai dans la cuisine, piteux et accablé par le poids de la faute, repentant et prêt, si elle me l'avait demandé, à me prosterner à ses pieds, elle m'ignora.

J'ai pensé à cet instant que c'était fini. Mon erreur m'avait coûté sa confiance, mes aveux m'avaient démystifié, et mes excuses étaient en train de m'avilir.

Elle se préparait un café.

Puis elle s'assit à la grande table. J'étais toujours sur le seuil et je regrettais qu'elle ne lève pas un œil sur cette tête de pénitent que je lui offrais sur un plateau.

— Tu ne déjeunes pas ? demanda-t-elle sans lever les yeux de sa tasse.

— Si. Si, si.

J'entrai et m'assis face à elle. Elle me fixa un moment, puis elle soupira et, avec un triste rictus, saisit une tranche de brioche :

— T'en veux ?

Après cette journée, notre relation ne fut plus la même.

La légèreté l'avait désertée. Son amour devint brutal et son humeur versatile.

Nous n'étions plus jamais tranquilles, ni elle ni moi.

Alors que je m'employais à évacuer l'événement, à lui faire oublier cette épouvantable erreur, Elena s'échinait à me la rappeler. Je passais mon temps à écoper ma barque à l'avant, tandis qu'Elena la remplissait à l'arrière. Mais Albert Camus n'a-t-il pas écrit qu'il fallait imaginer Sisyphe heureux ? Vider cette barque aurait pu être le grand but de ma vie, ma seule ambition ; après tout, Elena, mon amour, était avec moi, et c'était tout ce qui m'importait.

XII

Un vendredi de juillet, quelques mois plus tard, nous étions en route pour Positano. Nous allions rendre visite à Giustino, mon meilleur ami, de sept ans mon aîné. Nous avions un projet de film ensemble et je voulais, aiguillonné par une stupide vanité, en profiter pour lui présenter Elena.

Nous partîmes en voiture.

Ce voyage, nous l'avions prévu de longue date, bien avant qu'elle ne découvre ma trahison. À cette époque, Elena adorait ma voiture. Ma pauvre MG, massacrée par un tas d'abrutis buveurs de bière, avait dormi longtemps sous une bâche avant qu'Elena lui donne une seconde vie.

J'avais toujours redouté de la lui montrer; elle était l'illustration de ma déveine. Quelques semaines après notre rencontre, alors qu'elle me demandait pourquoi je n'avais ni voiture ni scooter, je lui avouai, à regret, que j'en possédais bien une mais qu'elle était en quarantaine, au garage...

Quand elle découvrit l'auto, Elena poussa un cri de stupeur puis s'esclaffa. Ce rire résonna cruellement à mes oreilles. Il me semblait que ce jugement venait sanctionner toutes mes carences et ma médiocrité.

J'aurais aimé rire avec elle, mais j'étais si affligé que je ne voulais que pleurer et m'enfoncer sous terre.

— Oh ! Celso ! Celso ! dit-elle en venant vers moi. Je t'ai vexé ! Pardon ! Pardon, mon amour ! Je l'adore, cette voiture !

— Non, non ! Ne t'en fais pas ! Je ne suis pas vexé ! Ce n'est qu'une voiture, non ?

Elle répéta qu'elle l'adorait. Elle la trouvait si iconoclaste, si subversive, si marrante...

Elena aimait ma voiture. J'aimais Elena plus que tout. Et j'aimais tout ce qu'Elena aimait. Cependant, je n'aimais toujours pas ma voiture. Je ne lui en dis rien. Je prétendis que, oui, après tout, elle était mieux comme ça. Elle était *marrante*. Alors, pour lui faire plaisir, nous la sortions quelquefois du garage pour aller nous balader dans Rome et ses environs, Elena conduisant, heureuse et fiérote comme un bambin au volant d'un camion de pompiers, tandis que je prenais mon mal en patience. Car, tant qu'elle aimait ma voiture défigurée, déclassée et risible, il y avait de grandes chances qu'elle m'aime, moi.

Nous roulions vers Positano.

Le soleil chauffait nos épaules.

Nous étions dans une période calme, sans heurts. Mais je prenais garde à tout ce que je disais ; Elena était comme une petite fiole de nitroglycérine.

Elle vernissait les ongles de ses pieds qu'elle avait posés sur le tableau de bord. Elle entonna une chanson de Celentano. Le vent qui s'engouffrait dans l'habitacle soulevait sa robe et dévoilait ses genoux pailletés de duvet blond. Elena n'était faite que de divins détails et rien ne m'émouvait tant que de les surprendre à la dérobée. Je n'avais qu'une envie, c'était de poser ma main sur l'arrondi de sa cuisse.

Mais je me méfiais un peu et redoutais que les paroles de Celentano me fussent adressées – il était question de trahisons impardonnables.

Je jugeai plus prudent de garder les mains sur le volant.

Je dois dire ici que, jamais, au cours des deux années que j'ai partagées avec elle, jamais je n'ai tenu son corps pour acquis. Il m'a toujours paru extraordinaire qu'elle me l'accorde. Il était rare que je m'autorise à la toucher, à l'embrasser sans y avoir été tacitement invité au préalable. Parfois, enhardi pour diverses raisons, je glissais ma main ou ma bouche sur un bout de sa peau et je m'étonnais qu'elles n'en soient pas rejetées. Et lorsqu'elle répondait à mes caresses avec ferveur, alors j'entrais dans un maelström d'émotions si intenses que même ma propre mort ne comptait plus.

— Regarde la route..., me dit-elle.

À sa voix mutine, je compris qu'elle était dans de bonnes dispositions, et je sentis mon cœur chahuter dans ma poitrine. Nous allions passer un séjour merveilleux.

Elle avait la bouche ouverte, le menton projeté en avant, et dégageait toute la concentration du monde. On aurait dit qu'elle avait huit ans et qu'elle peignait des petits soldats de plomb.

Elle fit tomber une perle vermillon sur le cuir du siège, puis, me jetant un regard oblique, essuya la goutte de vernis du bout de l'index. Mais une tache persistait.

— Je suis désolée, mon amour, minauda-t-elle.

— Je t'en prie. Je trouvais justement que l'intérieur manquait de couleur !

Elle gloussa, se pencha vers moi, me colla un baiser sur l'œil puis reprit sa charmante activité.

Nous arrivâmes en fin de journée. Les derniers kilomètres m'avaient exténué. La route de la côte amalfitaine est aussi splendide qu'éprouvante. Entre la chaussée, étroite et sinueuse, le trafic, les coups de klaxon des impatients, les insultes des chauffards, les autocars de touristes larges comme des paquebots, j'arrivai à destination tremblant et surpris d'être encore en vie.

Elena ne s'était pas aperçue de mon supplice, trop occupée tantôt à admirer la côte, les montagnes plantées de pins, de citronniers et d'orangers, tantôt à lever le nez, se gorgeant tout son saoul des odeurs minérales de la roche chauffée au soleil mêlées à celles du maquis, aux parfums de myrte et d'agrumes.

Je garai la voiture devant la maison. Je m'étirai en humant l'air à mon tour, profitant enfin, et comme à mon habitude lorsque je viens ici, du spectacle des villages à flanc de falaises s'abîmant dans la baie de Salerne.

Je sentis les mains d'Elena se poser sur mes épaules. Elle m'embrassa dans les cheveux et, dans un accès d'amour, m'étreignit soudain.

— Je t'aime, murmura-t-elle. Je te demande pardon de m'emporter si souvent et d'être aussi violente. C'est plus fort que moi. J'ai eu si mal. J'aimerais qu'on ne se dispute plus.

— Tu n'as pas à t'excuser, tout est ma faute.

— Tu ne recommenceras pas, n'est-ce pas ?

— Tu aurais le droit de me tuer, si ça arrivait.

— Celso, je t'en prie, dis-moi que tu ne le referas plus. C'est tout ce que je souhaite entendre.

Je me tournai et lui fis face. Je sentis qu'elle était sérieuse et même grave, et plantai mes yeux dans les siens :

— Je t'en donne ma parole, Elena.

Elle posa son front au creux de mon cou et céda doucement aux larmes.

— Je te jure que c'est vrai, Elena. Tu occupes toutes mes pensées. Et lorsqu'il m'arrive de penser à autre chose, à mon travail, au film que je suis en train de regarder, au livre que je suis en train de lire, à la personne qui me parle, c'est pour en finir au plus vite et pouvoir à nouveau penser à toi.

La villa, perchée dans les hauteurs, était grande ouverte et silencieuse. Nous y pénétrâmes en appelant Giustino. Nous nous enfonçâmes dans le cœur de la demeure et perçûmes des ronflements provenant du fond.

Giustino dormait, étendu sur son lit, un drap immaculé le recouvrait à peine.

Nous nous arrêtâmes au seuil de la chambre.

— Allons boire un verre en ville le temps qu'il se réveille, dis-je à Elena en la prenant par la main et m'apprêtant à tourner les talons.

— Je suis réveillé, grommela-t-il.

Il s'étira dans un rugissement animal. Le drap glissa et sa nudité nous apparut, éloquente. Elena cacha son rire derrière sa main. Giustino s'en amusa mais ne fit rien pour se couvrir. Bien au contraire, il croisa les mains sur sa nuque, visiblement fier de s'exhiber.

— Avez-vous fait bonne route ?

— Très bonne ! répondis-je, reportant mon attention sur la baie vitrée. Quelle vue ! N'est-ce pas, Elena ? Viens, je vais te montrer la terrasse, le temps que notre hôte enfile une petite culotte.

— Allez vous baigner, lança-t-il tandis que nous nous éloignions. Je vous rejoins.

— Mets la rose, celle avec la dentelle parme, criai-je. J'adore quand tu la portes !

Elena gloussa.

Elle enfila un maillot de bain sous la galerie fraîche de la maison et nous descendîmes vers la piscine, située sur la terrasse en contrebas. Elle s'assit sur le rebord. Ses pieds glissèrent dans l'eau sans même la troubler. Je m'étendis sur l'un des transats alignés devant la balustrade en pierre.

Des jarres de terre cuite plantées de citronniers encadraient les alcôves de la façade blanche, des cascades de bougainvilliers ruisselaient de fenêtre en balcon. Des éclats de voix, la rumeur joyeuse de la ville, la clameur diffuse de la plage montaient jusqu'à nous, et j'en vins à regretter tout ce temps perdu à me morfondre en d'inutiles tristesses. Je me questionnai aussi sur la pertinence d'habiter face à des ruines, aussi belles soient-elles.

Peut-être, après toutes ces années de disette et de résignation, peut-être étais-je prêt au bonheur ? Peut-être était-il temps de le saisir et de le laisser s'installer. Épouser Elena me parut soudain la meilleure, la plus grande des idées. Nous serions l'un et l'autre rassurés sur notre amour et, d'une certaine façon, nous assurerions sa pérennité.

— Tu ne viens pas te baigner ? me demanda-t-elle, sortant la tête de l'eau.

— Tout à l'heure.

Je profiterais de ce séjour dans cet écrin pour lui faire ma demande.

Allongé sur le transat, je somnolais. J'entendais les brassées souples d'Elena dans l'eau. Le bonheur s'approchait et je le laissais venir, guettant si l'extase lui succéderait.

Mais la lumière a ses ombres et voilà qu'elles arrivaient, portant en elles une impression de désastre imminent. Je ne crois pas qu'elles puissent disparaître. C'est presque une prescience, elles se nourrissent de la noirceur de mon âme. En contrepartie, elles me protègent, me servent de garde-fou et m'évitent des déceptions trop cuisantes. Je reste au bord du plongeoir, attiré par la chute libre. L'envol doit être divin, mais je ne saute pas, je reste au bord.

— Tu ne vas pas te baigner ?

J'ouvris les paupières. La silhouette massive de Giustino se dressait au-dessus de moi, me masquant le soleil.

— Te voilà !

— Ne bouge pas, me dit-il alors que je m'apprêtais à me lever pour l'embrasser. Je vais piquer une tête. Tu ne t'es pas servi à boire ? Va te chercher un verre ! Ne reste pas au soleil sans rien boire ! Va ! Et rapporte-nous quelque chose. Comment s'appelle-t-elle, déjà ?

— Elena.

— Elena ! Qu'as-tu envie de boire ?

— Est-ce que tu as du Schweppes ?

— J'ai du Schweppes. Celso, prends ce que tu veux et rapporte-nous deux Schweppes.

Je n'avais envie de rien. Je n'avais pas soif, mais voilà, c'était sa façon d'agir. Giustino vous amenait de manière très futée à le servir, en vous donnant l'impression que c'était dans votre intérêt.

Je me levai et gagnai la maison. Je pris deux bouteilles de Schweppes dans le réfrigérateur. Tandis que je regagnais la terrasse, j'entendis le rire rauque de Giustino et celui d'Elena.

Il était dans la piscine et essayait de porter Elena sur ses épaules. Je demeurai immobile, près du bassin, mes bouteilles à la main, à les regarder s'ébattre comme deux gamins.

— Viens ! Viens au lieu de rester là !

— Tout à l'heure, dis-je en posant les bouteilles sur le rebord.

— Tu n'as rien pris pour toi ?

— Je n'ai pas soif.

— Il fait 45 degrés, Celso ! Va te chercher quelque chose, nom de Dieu ! Et rapporte un seau de glaçons, s'il te plaît, le Schweppes est en train de bouillir.

Giustino est, disons, mon meilleur ami. Mais il y a des amitiés usantes, des amitiés qui supportent mieux la distance que la proximité. La nôtre est de celles-là. Je l'aime comme un frère, et cela me donne le droit de le détester comme tel. Car Giustino est un homme généreux et attentionné, drôle et affectueux, mais aussi très envahissant. Il n'envisage et ne tolère le monde que de son piédestal. Il lui faut dominer. La présence d'un autre mâle alpha près de lui peut le rendre stupide et agressif. Avec moi, aucun risque. C'est sûrement pour cette raison que notre amitié perdure. Je suis celui qui arrondit les angles. Celui qui tempère et qui se soumet.

Chaque fois que je lui ai présenté mes petites amies, il a tenté d'exercer son pouvoir et son aura de producteur. Je ne dis pas qu'il a essayé de me les voler, je dis juste qu'il a essayé de les séduire. Je ne pense pas qu'il serait allé plus loin.

Cela n'a marché qu'avec une seule. Sitôt rentrée à Rome, la jeune femme en question – Luisa – me quittait et le rappelait. Mais mon Giustino, mon ami, lui répliqua qu'elle était une garce et qu'elle venait de quitter le meilleur homme du monde. Giustino est donc ainsi : un ami espiègle, mais fidèle.

Je ne redoutais pas vraiment son comportement avec Elena. Je savais qu'il lui jouerait la danse des sept voiles, mais rien de plus.

Du moins, je croisais les doigts.

C'est d'Elena que je me méfiais. Giustino était un animal fruste, atypique, un ours, mais poétique en son genre, et authentique, et je savais mon Elena sensible à ces personnalités hors normes.

Le spectre de la jalousie s'installa sur mon épaule et ne me quitta plus du séjour, me tourmentant pour un oui pour un non. Je n'étais jamais en paix. Je souffrais et n'en montrais rien.

Oh, je m'étais douté, avant de partir, de ce que j'allais endurer. Je dois l'admettre maintenant : j'y allais aussi pour ça. Pour voir si, par bonheur, le temps s'était chargé de m'endurcir. Me mesurer à Giustino était un excellent repère, puisqu'il possédait à mes yeux tout ce que doit posséder un homme. Il était en quelque sorte ma toise.

Hélas, je constatai, à peine arrivé, que je demeurais fidèle à moi-même, toujours aussi boiteux, défectueux, précaire, presque un infirme face à ce symbole de santé et de virilité.

Comment tenir une vie dans ces conditions, avec cette peur stupide au ventre ? À me jauger, me mesurer, me comparer – en pure perte – à l'autre, forcément supérieur ?

Elena était une femme hors du commun, il lui fallait un homme hors du commun.

C'est donc quelques instants après avoir voulu lui demander sa main que je décidai de renoncer à elle.

On pourrait croire que cette décision me libéra. Ce ne fut pas tout à fait le cas. Elena et moi étions toujours ensemble, et tant qu'il en irait ainsi, je continuerais de souffrir d'un sentiment d'imposture.

Cependant, l'idée que mon supplice s'arrête un jour et que la décision m'appartienne m'allégea tout de même un peu.

Le plus dur restait à faire : la quitter.

Je dois pourtant admettre que, si j'étais fermement décidé à en finir ce jour-là, ce ne fut que le premier d'une longue série. Il m'arrivait même de la quitter plusieurs fois dans la même journée.

Bien sûr, Elena ne sut rien de mes perpétuels va-et-vient puisque je n'avais jamais le courage de mettre en pratique mes fermes résolutions. Je la quittais – en secret – chaque fois que mon insignifiance me hurlait à la figure. Et cette opération de l'esprit – que je pourrais comparer à une saignée sur un œdème – me faisait toujours un bien fou.

Ils sortirent enfin de l'eau et Giustino vint s'ébrouer au-dessus de moi. À d'autres moments j'aurais sûrement ri de bon cœur, mais il me sembla, au cours de ce séjour, que Giustino agissait surtout pour me nuire ou me tourner en dérision. Il n'y eut pourtant aucun incident à déplorer, aucun écart de conduite de leur part. Le danger... je le sentais mais je ne le voyais pas. Et cela me rendait fou.

Giustino se comportait en parfait gentleman avec Elena, parfois abrupt et espiègle, jamais équivoque. Et Elena se montrait gentille avec lui, le taquinait au sujet de son début de calvitie ou de son ventre. Elle agissait avec lui sans séduction, plutôt avec la bienveillance d'une fille envers son père. En réalité, ils s'entendaient parfaitement, paraissaient se connaître depuis longtemps et le spectacle de leur entente – assez agréable et divertissant – aurait dû me rassurer. Il n'y avait rien de sexuel entre eux, c'était évident.

Mais le prisme de la jalousie dénatura et pervertit chacun de leurs gestes, de leurs attitudes et de leurs propos. Je les trouvais suspects. Je me les figurais conspirant dès que j'avais le dos tourné. Alors je ne m'éloignais jamais très longtemps. Je gardais perpétuellement un œil sur eux, guettais une connivence, un sourire ambigu.

Hélas, je ne découvris rien.

Et rien ne pouvait m'angoisser plus encore.

Si j'avais pu cesser de tout interpréter pour simplement vivre !

Au bout d'une semaine, je souffrais de migraines et de maux de ventre. Mon estomac me brûlait, ma digestion devenait capricieuse, et les remontées gastriques perturbaient nos silences, le soir après le dîner.

Je me sentais diminué et misérable mais je continuais de sourire à Elena, de rire aux blagues de Giustino, et je feignais de m'esbaudir de la vue qui, désormais, me désolait, vision d'un bonheur inaccessible.

Je voulais que mes craintes prennent corps et qu'elles délivrent le mien. J'espérais surprendre un baiser, un regard, n'importe quoi qui m'aurait donné raison. J'étais prêt à leur accorder mon pardon et même ma bénédiction ; s'ils s'aimaient, après tout, pourquoi pas ! Je les aimais tous les deux et je souhaitais leur bonheur.

Oh, comme j'aurais voulu le penser sincèrement !

Mais la réalité, c'est que je serais mort de chagrin si je les avais surpris.

Plusieurs fois, j'ai songé à appeler Antonia ; j'avais tant besoin d'elle, de l'entendre m'aimer, de ses paroles lénifiantes, de sa passion réconfortante, ma drogue, mon sédatif. Mais l'idée me dégoûtait : retourner à elle, quel échec !

Puis arriva le dernier jour. J'allais enfin me retrouver seul avec mon Elena.

Quand je refermai le coffre de la voiture sur nos valises, il me sembla qu'un caillot de sang se délogeait dans une veine temporale et ma migraine s'envola aussitôt.

— Viens sans femme, la prochaine fois, me glissa Giustino à l'oreille tandis que nous nous étreignions une dernière fois. Nous n'avons pas pu parler, toi et moi, entre hommes, tu comprends ?

— Je sais. Je t'appelle en arrivant, d'accord ?

— Je suis inquiet pour toi, mon vieux. Je te connais, Celso, poursuivit-il, tu dois relâcher un peu la pression. Ne te prends pas la tête comme tu le fais, je t'en supplie... Elena est une très jolie fille, intelligente, fantastique... Elle a tout ce qu'il faut, mais une fille comme ça, est-elle faite pour toi, hein ? Elle n'a que vingt-quatre ans, Celso, elle est si jeune, c'est un petit papillon. Crois-moi !

— Non ! Non ! Pas Elena, je t'assure. Tout va bien entre nous. Elle m'aime. Nous nous aimons. Tout va bien. Ce n'est pas un... petit papillon. Je te le jure.

Il posa ses paumes sur mes joues et les pressa entre ce puissant étau de chair.

— Tu ne vas pas bien, et je le vois, me dit-il, approchant son visage tout près du mien.

Puis il saisit ma main et la porta sous mon nez. Mon index et mon pouce étaient à vif, près de l'ongle, rongés jusqu'au sang.

— Regarde ça ! Depuis quand te ronges-tu les ongles ? C'est le signe de quelqu'un qui ne va pas bien, ça, Celso !

— Je n'en sais rien, protestai-je. Bon Dieu, Giustino ! Pourquoi me dis-tu tout ça, hein ? Pour m'angoisser ? Tu as gagné ! Voilà ! Je suis angoissé ! Est-ce qu'elle t'a dit quelque chose ? Tu as couché avec elle ? Tu peux me le dire, Giustino, je peux tout entendre, tu sais ?

— Seigneur, Celso... Tu es en train de te rendre cinglé à cause d'un papillon.

Il posa sa main une dernière fois sur ma nuque et m'embrassa. Je rejoignis Elena qui m'attendait dans la voiture.

Bientôt nous quittâmes le chemin de gravier pour nous retrouver sur la route sinueuse du retour.

En chemin, et tandis qu'elle dormait, je repensai aux paroles de Giustino. Bien sûr, il était dans le vrai. Je filais un mauvais coton. Je le savais déjà. Mais j'ignorais que les signes de ma déliquescence étaient aussi visibles !

Et je savais aussi que je pouvais décliner encore davantage, m'abaisser et m'avilir pour la simple raison que je ne voulais pas perdre Elena, ni les joies, ni les privilèges, ni le souffle que son amour et sa seule présence m'apportaient.

Pourtant, je décidai de lui révéler mon intention.

Le goût du jeu, peut-être.

Même pas, je ne le possédais pas.

Non, la lassitude de moi-même, le dégoût que je m'inspirais.

Je guettai son réveil. J'étais prêt à lui annoncer ; j'étais même impatient. J'avais eu le temps d'affûter mes arguments pendant qu'elle dormait.

J'allais lui avouer que je l'aimais mais qu'en raison de certaines de mes névroses – qu'il fallait d'ailleurs envisager plutôt comme des handicaps –, il m'était difficile de vivre une histoire d'amour, *a fortiori* une passion. J'allais lui dire combien cette décision me brisait le cœur. Je l'aimerais pour toujours, conclurais-je, abattu de chagrin, épiant du coin de l'œil ses larmes et ses supplications.

Mais Elena avait de bien meilleures raisons de souhaiter une rupture, et il se pouvait qu'elle l'accepte sans s'y opposer... C'était la dernière chose qui me retenait.

Tandis que nous arrivions à Rome, tandis qu'elle se réveillait, le regard encore un peu vague, fixé sur l'horizon, elle me questionna à propos de Giustino :

— Giustino n'a jamais été marié ?

— Non. Il va de femme en femme.

— J'ai vu ça... Je l'ai vu sévir sur la plage et au restaurant... C'est drôle, tous ces types moches qui ne s'intéressent qu'aux jolies filles.

— Giustino n'est pas moche, voyons ! Je le trouve plutôt...

— Il est moche et gras. Il est charmant et amusant, mais il est moche et gras. Sa propre graisse ne le dérange pas, mais s'il en voit sur une femme, c'est tout juste s'il ne vomit pas, dit-elle en haussant les épaules. Tout ce qu'il attend d'une femme, c'est qu'elle soit bien faite. Si en plus elle est un peu garce, il l'épousera. Et si elle le repousse, alors il lui construira le Taj Mahal. Ce genre de type est tellement prévisible !

— Moi qui pensais que tu l'appréciais ! Je me trompais.

— Non, je l'aime bien. Il me fait un peu penser à mon père. Papa était un peu gras et grande gueule.

Je fis mine pour la forme de défendre mon vieil ami et vantai ses nombreuses qualités – maintenant qu'il n'y avait plus de risques – jusqu'à l'excès. Elle venait en quelques secondes de discréditer celui que j'admirais – du moins que j'enviais – depuis toujours, mais au fond de moi j'éprouvais un extraordinaire soulagement.

Ainsi, je m'étais trompé. Je m'étais laissé abuser par mon ami, sa voix caverneuse, son ampleur, son opulence, son arrogance et son embonpoint. J'avais sûrement confondu corpulence et puissance. Vulgarité et virilité. Cynisme et magnétisme.

Et si je m'étais trompé à son sujet, il y avait de grandes chances que je me sois trompé à propos d'Elena ! Ses intentions, ses sentiments, dont j'avais tant douté, m'apparurent soudain des plus sincères...

Ainsi ragaillardi, galvanisé et même fou de joie de comprendre qu'Elena m'aimait toujours, je renonçai à la quitter et décidai de la demander en mariage.

— Toi, au moins, tu n'es pas comme ça, poursuivit-elle, la tête tournée vers la vitre.

— De quoi parles-tu, mon amour ?

— Je ne t'ai jamais repoussé. Au contraire. Je me suis donnée à toi dès le début. Et je n'ai jamais cessé de me donner à toi...

— C'est vrai. Et j'ai vraiment été stupide de douter de ton amour. D'ailleurs, j'aimerais te demander quelque chose.

— ... Peut-être me suis-je trop donnée... Peut-être es-tu comme tous les autres, à ne désirer que ce que tu n'as pas.

— Ah non. Je t'assure que non, Elena. Absolument pas ! C'est quand je te sens pleinement à moi que je t'aime et te désire le plus...

Ce qui était absolument vrai !

Elle baissa la tête sur ses mains qui reposaient, désœuvrées, sur ses cuisses.

— Je n'ai jamais cessé d'être pleinement à toi. Ça ne t'a pas empêché d'aller coucher avec cette fille.

Elle était très calme et je jugeai préférable de ne rien répondre. De ne pas bouger, ni de faire un bruit. J'évitai même de respirer.

Puis elle éclata en sanglots et cacha son visage entre ses mains.

— Épouse-moi. Marions-nous, Elena.

— Oh, Celso... Je n'y arriverai jamais... je n'arrive pas à oublier. J'aimerais tellement mais les mots que tu lui as écrits surgissent sans cesse devant mes yeux ! Et je ne sais pas quoi faire pour les effacer, gémissait-elle entre deux sanglots. Il y a sûrement un moyen..., reprit-elle après avoir reniflé comme une gamine. Peut-être devrais-je consulter un docteur ? Voir un psychiatre ? Il me donnerait des pilules !

Elle se tourna vers moi et m'adressa un pauvre sourire. Je posai ma main sur son genou parce que je ne voyais pas ce que je pouvais faire d'autre, et nous roulâmes ainsi, en silence, jusqu'à la maison.

XIII

Peut-être était-ce ce merveilleux soleil de juillet. Peut-être la paix avait-elle enfin décidé de s'installer dans ce foyer. Depuis quelques semaines, il régnait à la maison une atmosphère d'une grande douceur, d'une grande suavité, et la gaieté manifeste d'Elena en était la seule cause. Étendue sur le canapé dont elle avait fait son bureau, les pieds nus sur la table basse, sa petite Olivetti portative rouge sur les cuisses et un tas de livres éparpillés autour d'elle, Elena écrivait.

Pour ma part, j'écrivais mes articles à mon bureau, devant une des fenêtres qui donnaient sur les ruines.

— Regarde, j'ai un rayon de soleil juste sur le bout du pied !

— Mmm ? Ah oui, en effet, dis-je en me tournant vers elle, le coude posé sur le dossier de ma chaise.

Elle remua les orteils à mon intention puis se replongea dans son roman. Je me tus et l'admirai quelques instants.

— Tu avances ? dis-je au bout d'un moment. Tu me le feras bientôt lire ?

— Quand il sera fini.

Je savais que son roman parlait de ses parents puisqu'elle me l'avait dit mais aussi parce que je l'avais lu en cachette, comme j'avais lu quelques lettres d'anciens amants qu'elle avait conservées dans une enveloppe, ainsi que d'autres documents intimes qui la suivaient depuis son enfance.

C'est bien entendu la dernière chose à faire, et lorsque vous le faites, vous savez que Dieu et tous vos proches disparus vous observent, mais vous vous dites *in petto* que vous leur expliquerez plus tard votre geste désespéré.

Je voulais juste m'assurer qu'elle n'avait pas d'amant. Qu'elle n'entretenait pas une relation, même épistolaire, avec un autre, comme elle avait menacé de le faire cent fois dans le seul but de se venger.

Hélas, je ne trouvai rien.

Je ne trouvai rien à lui reprocher.

Mais ça ne signifiait pas qu'elle n'avait pas d'amant. Ça signifiait juste qu'elle était prudente.

Je demeurai donc dans cette incertitude, à laquelle s'ajouta la culpabilité de m'être conduit comme un adolescent hors de contrôle.

— Tiens, me dit-elle, tu as encore fouillé dans mes affaires !

— Pas du tout.

— Inutile de mentir, je le vois bien. Je sais très bien comment je range mes affaires. Tu n'es pas très doué, comme espion.

— Ce n'est pas moi ! Ça doit être la femme de ménage. J'ai déjà remarqué quelques petites choses qui n'allaient pas chez elle. Je crois bien qu'il va falloir que j'en cherche une autre !

— Ne vire pas cette pauvre Amelia. Je ne t'en veux pas, Celso. Tu peux regarder dans mes affaires quand ça te chante. Je n'ai rien à cacher, moi.

Je ne répondis rien à ce petit coup de griffe. Depuis notre retour de Positano, je ne répondais plus à aucune de ses allusions au passé. Je faisais la sourde oreille, je n'étais plus là, je m'évadais, disparaissais derrière un écran de fumée. J'étais Houdini.

C'était une excellente méthode car l'air, peu à peu, était devenu plus respirable. Les scènes s'étaient espacées. Je ne savais pas si elle commençait à oublier, si mes silences la désarmaient, ou si elle gardait tout, stockant au fond d'elle-même, consignant en méticuleuse comptable rancunes et dégoûts, dépits et vindictes qu'elle me recracherait un jour au visage, me réclamant le couteau sous la gorge de douloureuses indemnités. Je ne le savais pas et, ma foi, je n'avais pas l'intention de le lui demander.

— La dernière fois que j'ai jeté un œil dans tes petites affaires, poursuivit-elle, j'y ai trouvé des choses que personne n'aurait souhaité lire.

Mais il arrivait que mes silences ne suffisent pas.

— Tu entends, Celso ?

— Très distinctement, mon amour.

Il lui fallait chercher querelle pour se vider des excès de rancœur dont son petit corps était plein. Alors je l'en détournais, la distrayais aussitôt, l'amenant doucement sur un autre chemin :

— Bon Dieu… Sais-tu combien Vittorio Moretti a touché d'à-valoir pour *La Dernière Heure* ?

— Moretti vend par dizaines de milliers, Celso.

— Si je signais pour une telle somme, crois-moi, moi aussi je vendrais par dizaines de milliers. Mon éditeur ferait de son mieux pour que je sois en tête des ventes. Je pense qu'il irait lui-même coller des affiches la nuit et séquestrer les critiques jusqu'à ce qu'ils rédigent de bons papiers sur moi.

— Tu penses vraiment que le succès d'un livre dépend de l'à-valoir ?

— Bien sûr ! L'éditeur défendra toujours le cheval sur lequel il a misé le plus. Tu t'en apercevras bien assez tôt, petite.

— Et pourquoi, selon toi, mise-t-il plus sur un auteur comme Moretti que sur toi ?

— Va savoir !

— Tsss, Celso... Tu es si drôle, parfois ! Et puis qu'est-ce que ça peut te faire, de toute façon, tu n'as plus envie d'écrire de roman, pas vrai ?

— Eh bien, j'y songeais, figure-toi ! Mais tout cela ne m'y encourage guère... Je suis bien plus tranquille à écrire mes articles...

Je sondais son silence. J'essayais d'y déceler un peu de sa tendre sollicitude. Elle savait que le sujet – me remettre à l'écriture – était l'une de mes grandes préoccupations, mais ce que je guettais avant tout, c'était si les effluves de sa colère avaient quitté la pièce.

Mais elle s'était remise au travail, et je pus me remettre au mien, soulagé d'avoir, une fois encore, évité un cyclone.

XIV

En 1983, il existait à Rome un endroit secret que tout le monde connaissait. Il avait été baptisé Pettirosso (le rouge-gorge) par ses créateurs, parce qu'à l'époque où il avait été créé, en 1975, le rouge était une couleur très à la mode.

Le Pettirosso était l'œuvre d'anciens membres d'un groupuscule anarchiste appelé Fronte Disarmato Rivoluzionario de 12 Dicembre 69, en hommage aux victimes de l'attentat de la piazza Fontana par le groupe d'extrême droite Ordine Nuovo à Milan, le 12 décembre 1969.

Les membres du FDR qui avaient troqué leur liberté contre la dissolution de leur cellule n'étaient pas ce qu'on appelle des repentis, et même ils s'en défendaient. Ils n'avaient donné aucun de leurs camarades en contrepartie de leur tranquillité, ils n'étaient ni des balances ni des témoins à charge dans aucun procès de terroristes en cours à cette époque. Ils n'avaient d'ailleurs commis aucun attentat, n'étaient pas un mouvement armé, comme leur nom l'indiquait, et se situaient bien loin de groupes comme les Brigades rouges qui voulaient non seulement détruire le pouvoir par tous les moyens, mais aussi le prendre. Or, le pouvoir, sous toutes ses formes, le FDR voulait juste l'abolir.

Et si une grande partie de la jeunesse s'était plu à voir dans ces attentats, dans ce déploiement de violence, un flamboyant romantisme révolutionnaire, les membres du FDR n'y avaient vu que du sang, et peu importait l'idéologie qui l'avait répandu, les méthodes et les conséquences étaient les mêmes.

Ces jeunes gens n'avaient rien commis dont ils auraient pu se repentir, rien à confesser. Et bien qu'ils fussent absolument pacifistes, ils étaient des contestataires, puisqu'ils dénonçaient les abus de tous bords, et le gouvernement, durant cette période, n'aimait guère les contestataires.

Mais s'ils avaient dû dissoudre leur mouvement, ils en créèrent un autre : ce club, le Pettirosso. Une sorte de phalanstère situé dans le quartier du Testaccio et regroupant les noctambules romains. Le vieil immeuble désaffecté qui les abritait avait été remis en état à peu de frais.

Les FDR avaient dans l'idée de démontrer à l'échelle d'un bâtiment de trois étages que l'harmonie était possible au sein d'une société. Chacun, quelles que soient ses idées et ses adhésions, était libre d'entrer, à l'exception, bien entendu, des sympathisants d'extrême droite. Mais les démocrates-chrétiens, les socialistes et d'insubmersibles communistes venaient s'attabler, débattre et plus si affinités, après avoir juré sur l'honneur de se conduire avec Respect, Fraternité et Tolérance.

On pouvait y manger, boire, écouter des groupes, danser, et même si la jeunesse romaine venait avant tout s'y amuser, l'idée était de brasser et de concilier toutes les classes sociales. On y croisait aussi bien des ouvriers de la métallurgie que des intellectuels, des étudiants en sciences politiques et des vedettes du cinéma et de la musique. Certains membres du gouvernement qui souhaitaient se faire bien voir venaient parfois y débattre avec les syndicalistes. Des représentants de mouvements féministes et homosexuels y organisaient des groupes d'auto-conscience, où la parole se devait d'être la plus libre et la plus vraie possible.

Toutes les solutions contre la répression et les injustices sociales y étaient proposées, envisagées et discutées. Toutes, pourvu qu'elles n'usent pas de violence.

Les idées ne manquaient pas. Et l'on pouvait entendre les meilleures comme les plus farfelues, tel ce groupe Movimento per l'Unione Universale, constitué de trois femmes et d'un homme qui avaient entrepris de tresser la *natte universelle*. La natte était faite des mèches de cheveux que les membres du club voulaient bien sacrifier au nom de la paix. Hélas, la natte ne dépassa jamais les deux mètres. Ils furent peu nombreux à croire en la pertinence d'une telle entreprise, et encore plus rares ceux qui acceptèrent de sacrifier une seule mèche de leur chevelure pour un résultat qu'ils jugeaient incertain. Les MUU se désolèrent du manque d'implication de leurs concitoyens et conclurent que la paix ne pourrait jamais exister sans foi, ni volonté, ni sacrifice. Dépités et assez amers du peu de succès que rencontra leur action, les membres du groupuscule quittèrent le Pettirosso. « Vous n'êtes pas capables de couper une de vos putain de mèches de cheveux et vous prétendez vouloir faire la paix dans le monde ! Allez tous vous faire foutre, bande de trous du cul ! » cria le dernier membre avant de claquer la porte.

Et ils balancèrent la natte dans le Tibre, laquelle sombra lentement avec leurs espoirs de paix dans le monde.

L'immeuble comportait donc trois étages de quatre appartements chacun. Toutes les portes avaient été ôtées, la plupart des cloisons abattues, et l'on naviguait d'une pièce à l'autre, d'un appartement à l'autre et d'un étage à l'autre au gré de ses envies, souvent un verre à la main. Les conversations tendaient le plus souvent vers la politique. On s'emportait, il y avait bien quelques empoignades, mais les gens venaient là pour exulter et, curieusement, en dix années d'existence, le Pettirosso ne connut aucun drame.

Nous étions fin 1983. La plupart des groupes terroristes étaient en train d'être démantelés et les plus populaires tombaient en disgrâce ; le peuple ne pouvait plus cautionner tous ces morts au nom d'une liberté qui n'adviendrait peut-être jamais. Après cette décennie d'espoirs déçus, il ne subsistait qu'un sentiment d'insécurité, de méfiance et de dégoût envers la classe politique, son inertie et ses mensonges, envers les forces de l'ordre et leurs dérives sécuritaires, mais aussi à l'égard de son propre voisin. Car les dénonciations et les arrestations, souvent arbitraires, allaient bon train. Et nous étions nombreux à avoir un ami, proche ou lointain, une connaissance – un postier, un vendeur de journaux, un imprimeur, un boulanger, un journaliste – qui avait flirté un jour ou l'autre avec un groupe armé.

Pour fuir l'oppression et contrer l'idéologie individualiste qui guettait à présent les esprits, les membres fondateurs du Pettirosso pensèrent que la mobilisation collective restait la meilleure des solutions... Et parmi les solutions proposées, il s'en trouvait une qui remportait tous les suffrages.

On la pratiquait au troisième étage. Dans les appartements dont on avait, cette fois, conservé les portes et les cloisons. Ils étaient meublés de grands fauteuils, de canapés profonds. Les tables étaient jonchées de verres pleins et de bouteilles vides, de cendriers débordants, de prospectus et de revues diverses. C'était, là encore, un lieu où l'on débattait, mais à voix plus feutrée. L'atmosphère y était sombre et enfumée, indolente et clandestine.

Dans les canapés, des jeunes gens alanguis s'embrassaient à côté d'autres qui discutaient, vaguement indifférents à leur propre discours. On s'y mélangeait, s'y étreignait, au nom de la libération des corps et des esprits. Ce n'était pas un péché de chair, c'était de la politique, il n'y avait aucune raison de se cacher.

La révolution des désirs se jouait ainsi, à plusieurs, plus ou moins dupes selon ce qu'ils avaient bu ou fumé, plus ou moins acquis à l'idée que cette forme de résistance avait des chances d'être universellement entendue.

Je n'étais allé que deux ou trois fois au Pettirosso. Et jamais plus haut que le deuxième étage.

Même si la curiosité me piquait, il y avait dans cette débauche charnelle une vision contraire à mon éducation catholique dont je ne savais pas me départir – car elle était mon alibi, mon excuse à tous mes empêchements.

Elena était une habituée du lieu. Et du troisième étage. Elle y était même très connue. Elle l'avouait sans gêne. Elena avait si peu d'entraves. Elle avait vingt-cinq ans à l'époque. Vingt-cinq ans d'apprentissage de la liberté, aimait-elle à dire.

— Encore quelques années et je pourrai voler. Et toi tu seras cloué au sol, lesté par tes peurs. Mon pauvre Celso...

— Es-tu de mauvaise humeur, mon amour?

— Oui.

— Alors je ferais peut-être mieux d'aller fumer une cigarette au salon, dis-je en prenant mon temps pour sortir du lit, espérant qu'elle change d'avis et m'attire à elle.

— C'est curieux, Celso, tu te sens libre de faire certaines choses et tu te défends d'en faire d'autres bien plus inoffensives. Ta morale à deux vitesses me dégoûte. Non, reste, lâcha-t-elle alors que je m'apprêtais à fuir. C'est moi qui pars.

Elle descendit du lit et attrapa dans l'armoire une robe rouge et des escarpins verts.

— Et où vas-tu ?

— Au Pettirosso.

— Au Pettirosso ?

— Parfaitement. Au Pettirosso. J'ai envie de m'amuser.

— Elena, je t'en prie... viens. Reste avec moi.

— Non. J'ai eu une idée, Celso... elle m'est venue ce matin. Je vais coucher avec un autre homme. Je crois que c'est ce qui me permettra de ne plus t'en vouloir. Tu as rompu notre équilibre, je dois le rétablir. Après, on sera quittes.

— Elena ! Seigneur ! N'existe-t-il pas un autre moyen pour que les choses s'arrangent ? Ça ne va que les aggraver, crois-moi !

Elle ramassa une des chaussures qu'elle s'apprêtait à enfiler et me la jeta de toute sa rage. Je l'esquivai de justesse mais le talon griffa mon crâne. Elle réprima un cri mais se ressaisit aussitôt. Je posai mes doigts sur l'éraflure, du sang les tacha. Elle me fixa un instant et je crus qu'elle allait s'excuser, fondre en larmes, que la scène s'achèverait dans une intense et merveilleuse étreinte.

Mais non.

— Bien fait ! rugit-elle, la culpabilité s'ajoutant à la colère.

Elle finit de s'habiller et quitta la chambre.

— Je viens avec toi ! criai-je en m'habillant à mon tour. Elena ? Tu entends ? Attends-moi, je t'accompagne !

Je courus vers la salle de bains, boutonnant ma chemise d'une main, retenant mon pantalon de l'autre, et me prenant les pieds dedans, je tombai, face contre le sol. La douleur fut si aiguë, si intense que je pensai m'être cassé le nez et démis la mâchoire. Je me relevai aussitôt, récupérai mes lunettes qui avaient glissé sous un meuble et gagnai la salle de bains. Un de mes verres était brisé.

Dans la glace, je vis cet homme hagard que je m'étais promis de ne plus jamais être. Mon œil était injecté de sang, mon nez me brûlait, mes tempes cognaient. Je réalisai que je n'avais cessé, depuis que j'avais rencontré Elena, de contrevenir à toutes mes résolutions. À celles de rester réfléchi et mesuré, de ne pas m'enflammer, de ne pas l'adorer aveuglément, de ne pas désespérer, de ne pas m'accabler, ni de vouloir mourir si elle disparaissait de ma vie.

Je disciplinai mes cheveux avec un peu d'eau, redressai mon col de chemise, me composai, non sans mal, un visage à peu près serein et repartis sur le champ de bataille.

Elle m'attendait devant la porte, son sac à la main, un sourire malfaisant accroché aux lèvres. Elle ne dit rien au sujet de ma figure rouge ni de mon œil, préférant détourner le regard.

— Veux-tu que nous prenions la voiture ?

— Tu fais ce que tu veux, moi j'y vais en taxi.

— Tu ne veux pas la prendre ? Tu pourrais la conduire, si tu veux !

— Je m'en fiche.

— Tu n'aimes plus ma voiture ? m'inquiétai-je tandis que je m'agenouillais à ses pieds pour nouer mes lacets.

— Tu me fatigues avec ta voiture. Il serait peut-être temps de la faire repeindre, d'ailleurs.

Elle ouvrit la porte et descendit l'escalier sans m'attendre.

XV

En entrant au Pettirosso, je me dis que j'allais la perdre ici. Que le club serait le tombeau de notre amour. Oh, j'aurais préféré que celui-ci se trouve ailleurs ! À Santa Maria di Leuca, par exemple. C'est tout de même plus beau pour une fin d'histoire. Il faut aller au sanctuaire, sur la pointe de la cité, au milieu de cette grande place blanche et déserte entourée d'arches qui ponctuent l'horizon. La géométrie mystérieuse, la mélancolie, le dénuement de la place vous saisissent autant que le silence qui la baigne.

Mais peut-être que l'énigme du lieu tient à sa légende. Car, selon elle, c'est ici que la Terre finit. Du moins, c'est ce que mon père me racontait. Santa Maria de Finibus Terrae, Sainte-Marie de la fin du monde, voilà comment l'appelaient les Romains. Parce que la petite cité se trouvait, pensait-on, à l'extrémité la plus au sud de la planète. L'ultime pointe de terre avant l'inconnu. Et Dieu seul savait ce qu'il y avait au-delà !

Papa aimait me le rappeler, sûrement pour se distraire de la dépression dans laquelle l'infidélité de ma mère l'avait plongé.

— Te rends-tu compte, Celso ? me disait-il lors de nos promenades dominicales le long de la côte, te rends-tu compte qu'après cela il n'y a plus rien ! Rien du tout ! Le vide. Le néant. Zéro. Un trou géant dans lequel nous allons tous périr. Ah, ça fiche le vertige, hein fiston ! Bah... Allez, retournons à la maison, ta traînée de mère est peut-être rentrée de ses coucheries.

D'autres, plus téméraires, auraient sûrement conçu une vive curiosité envers ce vide, un attrait pour l'inconnu, un goût pour l'aventure. Pas moi.

À peine entrée au Pettirosso, Elena fut saluée comme une starlette adulée : on l'embrassait, la hélait, on attrapait sa main pour tenter de me la voler. Elle rit et promit qu'elle reviendrait, tout en restant accrochée à mon bras. Nous montâmes au troisième étage, elle croisa et salua encore nombre de ses amis et nous pénétrâmes dans l'un des appartements enténébrés. Les fenêtres étaient ouvertes et des rayons de lune nimbaient les corps à moitié nus de deux femmes assises dans de larges fauteuils. L'une fumait une cigarette et discutait avec un type en chemise blanche assis sur l'accoudoir. Sur le fauteuil d'en face, l'autre caressait doucement la nuque d'un homme assis à ses pieds.

Sur les seins de la fille de droite, on pouvait lire *ni nero* d'un côté, *ni rosso* de l'autre. Sur ceux de la fille de gauche, *insurrezione dei desideri*.

Elena les salua en effleurant la main qu'elles lui tendaient.

— Est-ce qu'Umberto est là ? demanda-t-elle à l'une des filles.

— Je ne sais pas. Pas vu.

— Qui est Umberto ? demandai-je.

— Un ami.

— Quel genre d'ami ?

Tandis que je la suivais à travers l'appartement, je regardai les hommes autour de nous. J'espérais qu'aucun d'eux n'était son ami.

— Est-ce ce genre d'ami ? m'enquis-je en désignant un type qui embrassait le téton d'une femme discutant avec une autre.

— C'est pas son contraire.

— Je ne pourrai pas, dis-je, je veux partir.

— Puisque tu es là, autant rester. Détends-toi. Viens, on va prendre un verre.

Nous nous installâmes à une grande table déjà occupée par une dizaine de personnes. La moitié d'entre elles s'embrassaient. Certaines choses devaient se passer sous la table, car l'extase pouvait se lire sur les visages. J'essayais de ne pas les regarder – c'était difficile. Elena salua, cette fois du bout des doigts, un grand chauve assis à deux chaises d'elle.

Au milieu de la pièce, des couples dansaient. Une jeune femme avait rassemblé ses cheveux blonds en un vague chignon d'où s'échappaient quelques mèches. Elle portait une minijupe en cuir rouge et un tee-shirt noué sur le ventre. Elle dansait en ondulant du bassin, consciente d'allumer les regards à chacun de ses déhanchements. Soudain, elle agrippa le bras de son cavalier et bascula tout entier son corps en arrière, se cambrant dangereusement. Son chignon se détacha, la pointe de ses longs cheveux frôla le sol, puis elle enroula sa jambe autour de celle du type et se redressa d'un coup.

Tandis que l'assistance acclamait la danseuse, Elena commanda un verre de vin blanc.

— C'est une professionnelle, me dit-elle. Ils la paient. Je le sais. Elle passe ses journées à s'entraîner. Je l'ai déjà vue.

Elena était parfois jalouse. J'aurais aimé qu'elle le soit davantage. Sa jalousie me donnait toujours un peu d'audace. Elle m'apparaissait comme une preuve de son amour et j'étais toujours en quête de ces gages, je les pistais, les collectionnais comme des coléoptères que j'aurais admirés, les moments d'abattement.

Je ris sans prendre la peine de la rassurer. Oui, sans aucun doute, c'était une professionnelle, il n'empêche ; elle était incroyable et tous les types n'avaient d'yeux que pour elle. Elena soupira. Son dos, soudain voûté, ployé par d'obscurs dépits, me rappela sa jeunesse et sa candeur.

— Je vais faire un tour, me dit-elle en se levant.

— Eh bien moi, je vais voir s'ils vendent des cigares. S'ils en ont, je vais en fumer un dehors, en attendant que tu aies fini...

Elle me regarda, stupéfaite, et j'aurais parié que tout aurait pu se terminer à cet instant, il aurait suffi que je la prenne par la main et que nous rentrions à la maison. Mais par sadisme ou par excès de hardiesse – je ne manquais jamais d'en abuser quand par miracle il m'en venait –, je la laissai s'enliser dans son malheur.

Ce que je regrettai aussitôt lorsqu'elle tourna les talons et s'éloigna.

Mais Elena m'aimait, c'était d'ailleurs la raison de notre présence ici.

Pourquoi aurais-je dû m'inquiéter ?

Il me suffisait d'attendre que ma tendre Némésis accomplisse sa vengeance.

Elle souriait à tous les types. J'étais si mal assorti à son insouciance. Je me redressai un peu pour mieux la voir et l'inquiétude m'étreignit à nouveau. J'avais peur comme pour mon enfant, j'aurais voulu la mettre sous cloche. Je lui tournai le dos, puis me levai. Ne pas regarder, c'était encore la meilleure des solutions.

Je regagnai le rez-de-chaussée.

Je m'excusai mille fois en me frayant un chemin. Ils ne vendaient pas de cigares. Je m'excusai de nouveau et remontai au troisième.

Elle avait disparu.

Je finis par la trouver dans une des pièces adjacentes. Une sorte de salon meublé comme les autres salles de canapés, de vieux fauteuils disparates, disposés autour d'une grande table basse.

— Tiens ! Voilà mon petit ami ! lança-t-elle.

Une douzaine de jeunes gens se tenaient avachis dans les sièges ou même par terre, sur des tapis persans recouvrant le sol.

On me salua, on m'invita à me joindre à la réunion, mais je restai debout, immobile, sur le seuil.

L'intrus.

Elena se trouvait près d'un type en chemise blanche débraillée. Il avait cette attitude des hommes très sûrs d'eux, de ceux qui occupent l'espace comme s'ils en étaient les propriétaires, vous reléguant d'emblée au rang de locataire. Mais cet homme-là possédait aussi un charme des plus attachants. Une expression enfantine illuminait son visage. Un regard fraternel et espiègle, un rire impulsif et bruyant. Sa minceur, sa taille, ses épaules lui conféraient une élégance que ni sa gouaille ni ses chaussures périmées ne parvenaient à altérer. Le genre de types que j'hésitais à mépriser ou à envier. Elle était tournée vers lui. Sa main, qu'elle ne prit pas la peine d'ôter quand j'arrivai, était posée sur le torse de l'homme.

— Je vous présente Celso, mon petit ami ! Celso, bon, je connais pas tout le monde, mais ici c'est Umberto, et à côté c'est Nadia. Là, à tes pieds, la petite créature molle c'est Vittoria, mais tout le monde l'appelle Veleno[1]. Fais attention, ne t'approche pas trop, elle mord !

Vittoria se contenta de m'envoyer un clin d'œil et d'agiter le bout des doigts, comme si elle était trop fatiguée pour en faire davantage.

— Pourquoi vous restez planté là ? lança Umberto. Venez ! Installez-vous ! Paolo, sers-lui un verre !

— Je vous remercie, mais je vais rentrer.

— Quoi ! s'exclama Elena. On vient à peine d'arriver. Détends-toi, ôte ta veste et prends un verre.

Sa main, tandis qu'elle me parlait, descendait le long du torse d'Umberto. Un sourcil dressé vers moi, l'homme saisit la main d'Elena, y déposa un baiser et la reposa plus haut sur son torse, délicatement, comme s'il s'était agi d'un oisillon.

Il lui glissa quelques mots à l'oreille. Elena me jeta un regard venimeux puis chuchota à son tour. Leur conciliabule dura quelques secondes, enfin elle se tourna vers moi.

— Celso, m'interrogea-t-elle, est-ce que ça te dérange si j'embrasse Umberto ?

Certains jouèrent l'indignation, d'autres gloussèrent. Je les scrutai un à un. Je me tournai vers Nadia, une femme d'une trentaine d'années, élégante, très belle, en jean et tee-shirt blanc, une montre chic à son poignet, du vernis rouge aux ongles, la seule personne qui avait l'air sensée, et guettai son soutien. *Ne vous en faites pas,* semblait dire son battement de cils.

Je me rappelai soudain dans quel endroit je me trouvais.

---

1. Venin.

— De quoi aurais-je l'air si je refusais ! lançai-je crânement en écartant les bras.

— D'un rabat-joie !

— D'un pisse-froid !

— D'un trouble-fête !

— D'un froussard !

— D'un désespéré...

— D'un cocu ? interrogea Vittoria, alanguie à mes pieds.

Le groupe me jaugea ; après tout, ils ne me connaissaient pas, je pouvais très bien l'être. Alors, pour dissiper les doutes, j'éclatai de rire, provoquant leur hilarité. Je ne comprenais pas ce qu'il y avait de si drôle en réalité, mais je continuai de m'esclaffer avec eux, sans raison.

L'écho de cette étrange gaieté résonnait dans mes tempes et, lorsque mon regard se posa de nouveau sur Umberto et Elena, déjà à s'embrasser, enlacés comme si le reste du monde leur indifférait, je fus pris de vertiges. Je ne pourrais décrire avec précision la déchirure que je ressentis, ni même combien de temps je restai prostré à les observer.

Vittoria tira deux petits coups sur le bas de mon pantalon. Elle avait le nez retroussé, de longs cils, des taches de rousseur et une casquette de marin en cuir noir vissée à l'envers sur la tête. Sa diction était traînante et paresseuse, ses gestes indolents, tout paraissait théâtral chez elle, sans doute était-elle ivre, ou bien était-ce son état normal. Quoi qu'il en fût, elle n'était pas dépourvue de charme.

— Ça te fait quoi ? reprit-elle après un moment.

— Quoi ?

— De regarder ta petite amie en embrasser un autre.

— Ça n'a rien de très agréable. Ni de très naturel.

— Ici, ça l'est.

— Et dehors ? Comment faites-vous ? Vous redevenez fidèles ?

— La fidélité est une oppression, et comme toutes les oppressions, elle oppresse. Et puis, il faut bien que le corps exulte ! Sinon il explose et se répand, et les ennuis commencent. Le corps est un volcan. En tout cas le mien. Mais bon, moi je suis napolitaine, aussi…

Tandis qu'elle me parlait, j'épiais Elena ; elle avait enfin décollé sa bouche de celle d'Umberto et avait à présent la tête posée contre son épaule. Son regard un peu triste m'était, je crois, destiné. Alors que celui d'Umberto m'évitait.

Je n'avais aucune idée de ce qu'elle attendait de moi. Est-ce que j'étais supposé me plier à son jeu et me laisser faire, ou bien me révolter et la kidnapper pour l'emmener loin d'ici dans une sorte de tumulte romanesque ?

À défaut de trouver en moi un tel aplomb, je lui souris. Alors elle se renfrogna et, se tournant vers Umberto, lui murmura à nouveau un secret. L'instant d'après, ils se levèrent, main dans la main.

— Où vas-tu ?

Elle répliqua d'un rictus frondeur et partit bille en tête rééquilibrer les forces occultes de notre couple.

— Détends-toi, dit Vittoria, tu es dans un lieu d'amour et de liberté. La vraie, pas celle qui règne au-dehors, régie par des lois qui nous asservissent, nous contraignent et finissent par nous éloigner de notre humanité autant que de notre animalité. En ce qui me concerne, je me sens plus animale qu'humaine. Surtout quand je viens ici. Tu as du feu ? demanda-t-elle en portant une cigarette à ses lèvres.

— Tu fais partie d'un de ces groupes anarchistes ? demandai-je en allumant sa cigarette.

— Si être anarchiste c'est vouloir plus d'humanité dans une société coercitive, alors, oui, je le suis. Si anarchiste c'est refuser les normes imposées par une majorité de cons, alors oui, je le suis. Bon, cette conversation m'a donné envie de baiser. Tu viens ?

— Pas tout de suite. Je vais fumer une cigarette d'abord...

— Comme tu veux.

Après quelques minutes, il ne restait dans la pièce que deux couples et moi. J'étais assis en tailleur, adossé au mur, face à eux, tandis qu'ils occupaient chacun un canapé. Nous discutions vaguement, et je voyais bien qu'ils s'y pliaient par politesse, n'espérant qu'une chose, que je parte et les laisse enfin s'amuser, ce qu'ils ne tardèrent pas à faire, délaissant les civilités d'usage et me plongeant dans un profond embarras.

Je m'efforçai de fumer ma cigarette en prenant l'air le plus dégagé possible. Quand je l'eus terminée, je quittai la pièce en les saluant.

À ma grande surprise, personne ne me répondit.

Errant désœuvré parmi ceux qui se livraient sans entrave à leurs plaisirs, je décidai d'attendre Elena au deuxième étage.

Je croisai une connaissance, et nous discutâmes un temps qui me parut interminable. Quand je laissai Andreo, prétextant l'heure tardive, j'étais fermement décidé à partir. Avec ou sans Elena.

Je descendis au premier et, me repliant dans un coin, je m'accordai encore quelques instants. Les décisions prises à la hâte ne sont jamais bonnes.

— Tu es toujours là ! s'étonna Andreo, posant sa main sur mon épaule.

— Oui... oui, j'attends quelqu'un, nous nous sommes perdus et...

— Eh bien, je vais attendre avec toi, si tu veux. Es-tu au courant que Federico Lega a quitté Rome parce qu'il a eu des ennuis avec la police ? En même temps, qui n'a pas eu d'ennuis avec la police ! rit-il.

J'avais hésité à répondre « Moi », je n'avais jamais eu de problèmes avec la police parce que j'avais su m'en tenir à distance, demeurant dans une zone neutre et invisible.

Quinze éprouvantes minutes plus tard, mon ami me salua et ficha le camp pour de bon. J'étais à présent dans un tel état d'impatience que je me sentais plus que jamais déterminé non seulement à partir, mais aussi à quitter Elena.

Notre relation ne serait jamais équitable. Je serais toujours celui qui attend. J'en étais convaincu quand je descendis l'escalier menant à la sortie. Mais à mesure que mes pas m'en rapprochaient, ma volonté fléchissait.

Je ne voulais pas être heureux avec une autre femme, d'ailleurs je me fichais bien d'être heureux, ça faisait si longtemps que je ne l'étais plus. Je préférais être malheureux avec elle.

Je m'assis au bar et commandai une vodka en l'attendant.

XVI

Elle finit par revenir. Défaite et cotonneuse, l'air de sortir du lit, mais pas du nôtre. Elle s'est postée devant moi, s'est accoudée au bar, le menton un peu crâneur.

— C'est bon ! On peut y aller.

Je l'ai suivie dans la rue. Elle marchait quelques mètres en avant. Elle chantonnait et jouait à faire tournoyer son sac à main de fillette comme une professionnelle. Chacun de ses gestes, sa distance et cette gaieté arrogante, tout m'était destiné et me signifiait qu'elle s'était enfin libérée, enfin affranchie. Je me souviens encore nettement de ce que j'éprouvai à cet instant. C'était fini. Elle m'avait conduit ici pour me porter l'estocade.

Puisque je n'avais plus rien à perdre, je décidai de recevoir le coup dignement. Je me sentais de taille, pour une fois, et même, il me tardait qu'elle me l'annonce, que tout cesse enfin.

Alors, quand brusquement elle s'arrêta au milieu de la route, j'affichai, les poings dans les poches, le sourire bravache du condamné à mort.

Puis, bras ballants, épaules basses, elle se tourna vers moi ; ses joues étaient brouillées de larmes et de rimmel.

On lui aurait donné seize ans, guère plus ; une adolescente accablée. J'étais soudain submergé d'amour et d'adoration, dévoré de tendresse et de pitié. J'allai à elle et l'enveloppai de mes bras. Elle enfouit sa truffe chaude dans mon cou et s'effondra en larmes. Je réagis à peine, lui caressai le dos comme on console un ami. Et tandis qu'elle s'épanchait et se vidait de ses forces, je sentis mon corps en regagner.

Ma douleur semblait s'arrêter là où commençait la sienne. Pendant quelques instants – car je savais que cette situation ne durerait pas –, je fus l'homme providentiel.

— Excuse-moi, gémissait-elle, le museau écrasé dans mon cou.

Elle n'en finissait pas de se lamenter et de se repentir, et moi je la berçais, profitant sournoisement des faveurs de son corps.

J'étais sur le point d'exprimer cet amour débordant. Les mots menaçaient de jaillir dans un excès d'émotion, des mots vibrants et définitifs. Mais je m'étais juré de ne plus m'épancher, de ne plus déverser tout cet amour. C'était lui donner trop de pouvoir, et chaque fois m'en ôter un peu plus.

Je voulais jouir encore quelques instants de mon ascendant.

Nous rentrâmes enlacés mais sans plus échanger un mot.

Le lendemain, elle se montra distante et fermée, répondant à mes questions par des regards hostiles.

Tout ne s'était-il pas passé comme elle l'avait souhaité ? Ne m'avait-elle pas promis que tout irait mieux après qu'elle se fut vengée ?

Lorsque Elena faisait la tête, ses humeurs annexaient l'appartement tout entier. Sa rancœur emplissait tout l'espace, son mutisme résonnait dans chaque pièce.

Ce jour-là, à bout de souffle, je décidai de sortir.

Allumant une Dunhill sitôt la précédente terminée, je déambulais sans but vers Regola.

Je débouchai sur la via Arenula quand j'entendis crier mon nom. De l'autre côté de la rue, Umberto, cigarette aux lèvres, adossé à l'entrée d'un magasin de chaussures, fit un signe à mon intention. Je traversai la chaussée. Cette rencontre fortuite me sortit illico de ma torpeur. N'ayant eu aucune réponse d'Elena, j'espérais en obtenir d'Umberto, fût-ce par la force.

— Comment vas-tu ? demanda-t-il, heureux de me voir.

— Bien ! Très bien. Tu attends quelqu'un ?

— C'est mon magasin. C'est ici que je travaille. Je faisais une pause cigarette. Et je ferais bien une pause bière, maintenant, dit-il en jetant son mégot d'une pichenette. Accompagne-moi. Tu as le temps ?

— C'est-à-dire, j'allais... ok, cinq minutes.

— Attends-moi là.

Il se précipita au fond de sa boutique, jeta dans leurs boîtes quelques chaussures éparpillées au milieu de la pièce et retourna une petite pancarte accrochée à la porte. « *Je reviens dans 5 minutes* », pouvait-on y lire. Et nous fûmes bientôt installés à la terrasse d'un café, quelques mètres plus loin.

Umberto faisait partie de ces gens pour qui j'éprouvais une gentille indifférence teintée d'un léger dédain.

J'appris qu'il avait trente-deux ans, qu'il avait suivi des cours de danse et de théâtre dans sa jeunesse, que le cinéma était sa passion mais qu'en attendant d'avoir des rôles – il avait figuré dans *La Terrasse* d'Ettore Scola, dans

Le Grand Embouteillage de Comencini, et dans *Mes chers amis* de Monicelli et avait fait une apparition dans *Salo ou les 120 journées de Sodome*, ainsi que dans *Anthropophagus,* dont il avait oublié le nom du réalisateur. Il travaillait dans ce magasin de chaussures qui appartenait à un cousin.

Je hochai la tête, admiratif.

Il se mit à rire.

— Tu te moques de moi, n'est-ce pas ? Il se moque de moi, s'esclaffa-t-il, prenant à témoin nos voisins.

— Pas du tout ! Je t'assure ! Je suis très impressionné ! Tu as tourné avec les plus grands !

— Offf… je ne figure même pas au générique… Mais tu as raison. Je ne suis qu'un crétin. Qu'est-ce qu'on s'en fiche, de mes figurations ! Est-ce que j'ai besoin de t'en mettre plein la vue ? Tu es un intellectuel, et j'admire les intellectuels. Je n'ai pas fait d'études, moi. Je vends des chaussures en attendant de décrocher un Oscar. Quelle misère ! lança-t-il en se prenant le front dans la main.

— Je ne suis pas vraiment satisfait non plus. Mais tu as des avantages que je n'ai pas. Comme admirer les chevilles de femmes toute la journée.

— Eh bien… je ne vends pas des chaussures haut de gamme, alors je n'ai pas toujours affaire à des chevilles haut de gamme. Mais peu importe, je fais ça pour manger, en attendant de trouver un rôle. Alors, des chevilles à regarder, même dodues, c'est toujours mieux que des boulons à resserrer, sourit-il avant de m'adresser un nouveau clin d'œil et de prendre une gorgée de bière.

J'enviais son charme, sa légèreté et son exubérance. Et rien que pour ça, j'aurais pu le maudire. Mais quelque chose m'empêchait de détester ce type qui, selon toute vraisemblance, avait couché avec Elena la veille. Peut-être que mon sentiment de supériorité sociale, cette faible avance que j'avais sur lui, suffisait à me le rendre moins redoutable.

— Celso, poursuivit-il. Je t'aime bien. Et j'aime aussi beaucoup Elena. Alors il faut que je t'avoue quelque chose...

Quand je rentrai, je trouvai Elena de bien pire humeur. Son silence marmoréen s'était mué en une colère froide. Mais elle demeurait toujours aussi mutique. Elle se contentait de claquer les portes, de marteler le sol de ses talons et de reposer brutalement chaque objet qu'elle manipulait.

Le soir, je décidai de l'emmener dîner dehors, histoire de lui tirer les vers du nez. Elle rechigna pour la forme et par orgueil, mais je crois qu'elle-même avait envie de sortir de son silence.

XVII

Dans un coin à l'écart, un type, la soixantaine, imposant, un peu rustre, cheveux brillants et peignés en arrière, faisait distraitement rouler un cigare sur la nappe à côté de son assiette. La fille en face de lui, asiatique, était longue et fine. Superbe. Des traits purs et nets comme un haïku. Vingt-cinq ans environ. Elle portait une robe en dentelle noire.

Il avait les paupières lourdes, le regard bouffi et revenu de tout, le geste lent et fatigué. Elle aussi avait des gestes lents mais délicats. Elle portait des petits morceaux de pain tantôt à ses lèvres, tantôt à celles de l'homme qui lui mordillait le bout des doigts pour la faire rire. Et ça marchait. Son rire était aigre et désagréable. Il passa la main sous la table et avança sa figure grasse vers elle. Elle lui attrapa le menton et l'embrassa à pleine bouche. Je jetai un coup d'œil à Elena, comme moi captivée par le couple.

Il semblait évident que la fille se soumettait aux désirs de son compagnon, qu'elle en tirât du plaisir ou non. Évident que l'homme faisait partie des dominants.

Avais-je une seule fois imposé mes désirs à qui que ce soit ? Avais-je déjà eu le sentiment de dominer quelqu'un ? Oui, rarement, et toujours avec des personnes encore plus fragiles que moi, des jeunes femmes bancales qui avaient eu le malheur de s'agripper à moi, et dont l'amour me rebutait un peu.

Mais user de force avec les faibles laisse toujours un sentiment désagréable. Je préférais celui que procure l'échec avec des femmes plus indociles et réfractaires. Certains hommes ne s'embarrassent pas de telles considérations, la domination qu'ils exercent naturellement est la source même de leur bien-être.

Ce n'est pas mon cas. Et il m'arrive de le regretter. Il ne m'aurait pas déplu de connaître les plaisirs du mâle dominant pétri de convictions radicales. D'être pareil à ces types d'une autre table voisine. Quatre hommes, ongles manucurés, cheveux lustrés, la peau mate, belle stature, racés, à la limite de l'arrogance. Tous très séduisants. Des Milanais, sans aucun doute. Ils dînaient au champagne. Les rires fusaient. Puis le ton baissa. Et de nouveau les rires éclatèrent, envahissant le restaurant sous les regards indignés des clients.

La proximité de ce genre de types me mettait mal à l'aise. Face à la force brutale, je n'avais que de bien pâles réponses : la prudence et la tempérance, la sensibilité et la gaieté, mais surtout la lucidité, fruit amer de ma mélancolie. Des qualités que j'avais faites miennes par défaut. Il est en effet improbable que je les eusse choisies à ma naissance parmi d'autres, plus viriles, qui auraient fait de moi un prédateur plutôt qu'une proie.

Je regardais Elena dévorer ses écrevisses à pleines mains. Le jus coulait sur ses poignets. Quand elle était perdue dans ses pensées, sa nature de petit animal ressortait et il arrivait qu'elle oublie certaines règles de bienséance, comme manger proprement et sans bruit. Malgré tout, rien ne me dérangeait, rien ne me dégoûtait chez elle en dehors de l'emprise qu'elle exerçait sur moi. J'aurais aimé jeter un peu d'eau tiède sur tout cet amour brûlant.

— À quoi penses-tu ? lui demandai-je.

— Que je prendrais bien un truc sucré, maintenant, dit-elle en suçant ses doigts avec méthode. Tu peux demander la carte des desserts, s'il te plaît ?

Elle commanda une glace au chocolat qui tarda à venir et qu'elle mangea sans envie.

Le silence entre nous, ses sourires courtois et ses soupirs languides me nouaient l'estomac.

— Mon amour, osai-je enfin, as-tu quelque chose à me dire ? Tu me fais la tête depuis ce matin. Tu ne m'avais pas dit que tout irait mieux une fois... que tu aurais fait ce que tu as fait ?

— Je le pensais. Mais ça ne suffit pas.

— Comment ça, ça ne suffit pas ?

— Tu ne souffres pas.

— Mais bien sûr que je souffre ! Je souffre atrocement si tu veux savoir !

— Eh bien, ça ne se voit pas. Tu as toujours l'air de te ficher de tout. Et puis tu avais ce sourire, hier, dans la rue.

— Je pensais que tu allais me quitter. Je souris toujours quand je suis au bord du gouffre. C'est un réflexe. Mais enfin, Elena ! Tu as couché avec un homme ! C'est ce que tu voulais, non ? Tu t'es vengée maintenant ! Nous sommes quittes ! Tout peut redevenir comme avant, n'est-ce pas ?

— Non. Tu as gâché ma vengeance ! Tu ne souffres pas assez, il faut que tu souffres ! Sinon ça ne compte pas.

— Tu voudrais que je me mette à pleurer ? Que je me griffe les joues et me taille les veines ? Que dois-je faire pour que tu le voies ?

— Je n'en sais rien... Je pense qu'il faut y retourner et recommencer. Avec un autre. Umberto ne te rend peut-être pas jaloux. Il a l'air trop gentil. Je vais coucher avec un type très beau, très fort et très puissant.

— Ah, mais Umberto m'a l'air d'un type très puissant et très fort, si tu veux mon avis, et je trouve en plus que c'est un très bel homme! Je t'assure! Enfin, moi, je le trouve très très beau!

— Menteur.

— Seigneur..., soupirai-je. Tout ça est grotesque... Couche avec qui tu veux si c'est ce dont tu as envie, trompe-moi, mais ne te sers pas de mon infidélité comme d'un prétexte. C'est trop facile.

— Bordel de merde, si on n'était pas en public je te jure que je te giflerais. Tu crois que ça m'amuse? Tu crois que je l'ai fait par plaisir?

Elle roula machinalement une miette de pain entre ses doigts.

— Je dois rétablir l'équilibre que tu as brisé, s'adoucit-elle. J'ai eu très mal, Celso. Il faut donc que tu aies très mal. C'est comme ça. Je suis désolée, il n'y a pas d'autre moyen. Tu comprends?

Elle but une gorgée et reposa son verre.

— Eh bien... je t'avoue que j'ai quelque difficulté à suivre mais... à quel point as-tu souffert? Je veux dire, jusqu'où es-tu prête à aller? Hein? Dois-je m'inquiéter?

— J'ai souffert au point d'avoir voulu mourir. Et l'idée de t'étouffer pendant ton sommeil m'est déjà venue à l'esprit.

— Bien... mais..., dis-je en me servant un verre d'eau parce que j'avais soudain le gosier sec. As-tu entendu parler des bienfaits du pardon? hasardai-je. On dit qu'il est au moins aussi bénéfique que la vengeance. Voire plus! Toute cette énergie que tu dépenses à te venger, ne pourrais-tu pas l'employer à me pardonner ? Hein ? Tu ne veux pas essayer, mon amour ?

— Oh, je t'assure, Celso, s'émut-elle, j'ai essayé. C'est bien plus difficile de pardonner. Et ça prendrait beaucoup trop de temps. Des années, sans résultat garanti, et je risque de me retrouver dans dix ou vingt ans amère, triste et frustrée parce que je n'aurai pas réagi à temps. Je crois aux vertus de la vengeance. Ça purge.

Voilà comment nous nous retrouvâmes quelques soirées plus tard au Pettirosso et comment, une fois encore, j'attendis la femme que j'aimais plus que moi-même, pendant qu'elle s'employait à purger notre couple.

Seulement, son plan ne pouvait pas aboutir. Toute cette opération, toute sa colère, sa rage et ses larmes m'étaient destinées. Comment dans ce cas ne pas me sentir honteusement flatté plutôt que meurtri ? Son indifférence m'aurait bien plus atteint que ces pathétiques efforts pour me rendre jaloux. Ainsi, plus elle s'entêtait à me faire souffrir, plus j'étais assuré de son amour, et moins je souffrais. Alors, pour cette raison qui ne m'honorait guère, je m'abstins de lui dire qu'elle se fourvoyait et qu'il aurait été plus habile de me mépriser et, mieux encore, de me quitter.

J'ai souvent observé ce principe des vases communicants. Il suffit que l'un exprime une grande souffrance pour que l'autre se voie déchargé de la sienne.

Par ailleurs, quelques jours plus tôt, j'avais appris de la bouche même d'Umberto qu'il ne s'était rien passé entre eux au Pettirosso. Rien du tout ! Elena avait tout manigancé. Elle lui avait parlé de notre histoire, puis de son intention de se venger et de me donner une leçon. Ils n'avaient rien fait, il me le jurait, ils s'étaient juste embrassés, ce dont il s'excusait. Il aimait une autre femme, m'avait-il appris.

Je ne pouvais pas révéler cet aveu à Elena... Je craignais de provoquer sa fureur et d'ajouter à nos ennuis.

Je la laissai s'enferrer dans son mensonge, puisqu'elle semblait convaincue qu'il réglerait nos problèmes.

XVIII

Nous étions accoudés au bar, dans la grande salle enfumée du premier étage. Je voulais déjà partir... J'étais tout près de lui avouer que j'étais au courant de son stratagème et qu'il était donc inutile de s'infliger ce cirque, mais une fois encore, je laissai, plus ou moins confiant, le destin décider à ma place.

Elle avait choisi sa victime – un autre complice, pensai-je alors – parmi un petit groupe qui devisait avec fougue à une table, à quelques mètres de nous. Le type était très beau, comme elle l'avait souhaité. Un visage ciselé et romantique, les cheveux bruns et bouclés, de doux yeux clairs.

Lui aussi, bien sûr, avait remarqué Elena. Oh, tout ce cinéma était extrêmement bien mené ! Et les deux, sans se soucier de moi ni de personne, échangèrent toutes sortes de sourires et de regards, des plus stupides aux plus suggestifs. Je trouvai leur jeu subtil et bien rodé. Ils devaient avoir longuement répété leurs rôles.

La situation avait beau être montée de toutes pièces, elle restait néanmoins inconfortable.

— Elena, je crois que je vais partir.

— Eh bien pars.

Chaque fois que j'avais prononcé cette phrase dans ma vie, c'était la plupart du temps avec l'espoir qu'on me retienne. Et je n'ai pas le souvenir que cela ait marché une seule fois.

Mon assurance commençait à se lézarder, et la jalousie me piquait de nouveau. Le type était vraiment beau, ce qui le classait selon moi parmi les êtres supérieurs. Il suffisait de le regarder pour comprendre que cette histoire d'égalité entre les individus était une arnaque.

— Je crois que nous serons vraiment quittes. Ce garçon en vaut cent. J'espère que tu vas bien t'amuser, dis-je en déposant un billet de dix mille lires sur le bar.

— Où vas-tu ?

— Je vais marcher. Peut-être vais-je aller dans un autre bar. Et boire. Va coucher avec l'abruti de bellâtre. Je ne veux pas assister à ça.

Elle haussa son menton enfantin et se dirigea vers le groupe.

Elle se tenait devant eux maintenant, vaguement timide, et le jeune homme lui proposa de s'asseoir à côté de lui. Elle me jeta un dernier coup d'œil et s'installa, onctueuse.

Je n'arrivais plus à partir ni même à les quitter des yeux. Je commençais à douter. Ce type, ce garçon superbe, se conduisait comme s'il la voyait pour la première fois. Et Elena ne se préoccupait plus de savoir si je l'observais encore.

Au bout de quelques minutes, ça ne faisait plus de doute, ils ne se connaissaient pas.

Je commandai un autre verre et la regardai m'oublier.

J'étais déchiré entre le dégoût de moi-même et l'impossibilité de renoncer à elle. Perpétuel irrésolu, j'étais condamné à errer indéfiniment dans les limbes de notre amour abîmé, quand jaillit, du plus profond de ma mauvaise foi, de mes incohérences et de ma passion, la plus imparable des raisons pour demeurer au chaud dans le giron de ma douleur : maintenant que je lui avais causé tout ce chagrin, que je l'avais tant blessée, je ne pouvais plus l'abandonner. Je me devais d'assumer et de réparer ma faute. C'était la moindre des choses, c'était même un devoir ! Ainsi, je parvins presque à me persuader que je restais à mon corps défendant. Cette résolution me permit non seulement de gagner encore un peu de temps avec Elena, mais de conserver aussi un semblant d'amour-propre.

En songeant à notre brève histoire et à ces incessants revirements, il me semble aujourd'hui que ce qui nous animait depuis quelque temps déjà tenait à la force d'inertie qu'avait déclenchée tout ce tumulte.

Elena réapparut après plus d'une heure.

Entre-temps, Umberto et sa troupe étaient arrivés et m'avaient invité à rejoindre leur tablée. Sa ribambelle d'amis l'accompagnait, toujours collée à ses basques, histoire de ne rien manquer de son bel entrain. Vittoria me fit une place près d'elle.

Umberto s'inquiéta de me trouver seul. Je lui racontai la soirée au restaurant, puis la rencontre d'Elena avec ce jeune type, très beau, il portait une chemise bleue et une veste noire, des cheveux bouclés et...

— Mmm... non... Je ne vois pas qui est ce garçon. Jamais vu ici. Mais ne t'en fais pas, d'accord ? Elena tient énormément à toi. C'est d'ailleurs pour cette raison qu'elle fait tout ça, n'est-ce pas ?

— Je crois...

— Alors fais-lui confiance. Tu lui fais confiance ?

— Pas trop...

— Tu n'as pas le choix. Elle ne te fait plus confiance, alors il faut bien que toi tu lui fasses confiance, non ? Sinon, le lien est rompu, tu comprends ce que je veux dire ?

— Oui.

— Alors ? Tu lui fais confiance ?

— Je crois que je n'ai pas le choix...

— Parfait ! Alors, qu'est-ce qu'on boit ? Hé ! Est-ce que ce n'est pas Elena là-bas ? Oh... trop tard... était-ce Elena ?

— Non, je ne crois pas, répondis-je.

— Certains hommes aiment bien imaginer leur femme avec d'autres, avança Vittoria avant de se remettre du rouge à lèvres. Ça n'a rien de honteux. Pas dans ce club, en tout cas. Détends-toi. Nous sommes tous ici pour les mêmes raisons. Parce que dehors on nous en empêche. On nous coupe la chique ! Couic.

— Eh bien... ce n'est pas ce que vous pensez. C'est une situation certes bizarre, mais elle est temporaire. C'est une situation conjoncturelle, et non structurelle.

— Ah. Mais vous faites ce que vous voulez ! Tout le monde fait ce qu'il veut, ici. Je ne juge pas. Mais pourquoi ne fais-tu rien, de ton côté ? C'est Elena qui ne veut pas ou ton truc c'est juste de l'imaginer avec un autre gars ?

— Vittoria ! Laisse-le tranquille, la pria Umberto. Ne pose pas de questions !

— Je ne l'embête pas ! Pas vrai que je ne t'embête pas ?

— Vous ne m'embêtez pas, mentis-je en constatant à regret que mon verre était vide.

— Bois dans le mien, dit-elle en portant son verre à mes lèvres.

J'obtempérai mais je craignais qu'Elena ne me voie dans cette posture et n'en tire des conclusions hâtives, ce qui n'aurait pas arrangé nos affaires.

— Vittoria ! Laisse-le tranquille, nom de Dieu ! Tu n'es qu'un petit poison. Ne te laisse pas faire, Celso ! Vittoria est une sangsue !

— Je crois au contraire qu'il devrait se laisser faire, pas vrai, Celso ?

Alors qu'elle me chuchotait à l'oreille la liste de ses talents, je sentis sur tout mon côté gauche un souffle brûlant parfumé à l'amande. Je levai la tête.

— Salut, dit Elena en envoyant un baiser à Umberto. Tu t'amuses bien ? me glissa-t-elle. Je rentre.

— Attends ! Je viens avec toi !

Je m'excusai brièvement auprès d'Umberto et courus après Elena. Nous grimpâmes dans le premier taxi qui passait.

— Est-ce que tu l'as fait ?

— Si tu m'approches, me parles, me touches, je te tue, je te le jure.

— Pardon, mais… est-ce que ce n'est pas à moi d'être furieux cette fois ?

— Tais-toi. Je t'en prie, tais-toi.

Le reste du trajet se déroula donc dans un silence absolu.

XIX

Une fois à la maison, elle fila droit dans le salon et se laissa tomber dans le canapé, le visage fermé. Je m'assis à mon bureau, tournai la chaise vers elle, posai le coude sur le dossier.

— Si tu es fâchée à cause de ce que tu as pu voir tout à l'heure, j'aimerais d'abord te dire que Vittoria est un petit poison visqueux qui ne m'attire pas du tout. Je n'ai jamais aimé ces filles faciles. Elles me rendent triste. Je t'en prie, Elena. Nous avons déjà assez de problèmes, non ? Ils m'ont vu désemparé, ils essayaient de me distraire.

— Tu n'avais pas l'air désemparé.

— Je le suis. Je voudrais qu'on en finisse. Je suis très malheureux, Elena.

Elle semblait calmée. Regardait ses mains qu'elle promenait sur ses cuisses.

— Tu l'as fait ? lui demandai-je. Avec ce type, et ses boucles de nymphette, tu l'as fait ?

— Oui.

— Jure-le.

— Je te le jure.

Je me levai brusquement. Je n'ai jamais été du genre à enfoncer mon poing, mon pied ou mon crâne dans une porte par rage – l'idée d'une douleur violente suffit généralement à m'apaiser.

Je fis quelques pas vers une des fenêtres du salon. Puis vers la cheminée. Je soulevai un bibelot, une statuette en opaline, que je soupesai dans ma paume et que je reposai avant de retourner à la fenêtre.

— Qu'est-ce que tu fais ?

— J'essaie de me détendre.

— Tu n'as rien à dire ?

— Oh, j'ai des tas de choses à te dire ! Par exemple, va-t-on pouvoir, à présent, retrouver la paix ? Sommes-nous quittes ?

Elle me dévisagea avec consternation. Je soupçonnai que ce n'était pas ce qu'elle avait souhaité entendre. Je vins m'asseoir près d'elle et lui pris les mains.

— Elena, mon amour...

Elle se leva aussitôt et alluma une cigarette.

— Le plus simple, dit-elle, serait que tu me dises ce qui te ferait le plus mal. Comme ça, on clôt le débat.

— Tu peux toujours courir, soupirai-je.

Elle arpentait la pièce, s'arrêtait, puis reprenait, j'imagine, au rythme de ses pensées. Elle était calme et songeuse.

— Tu es imperméable, constata-t-elle. Tout t'indiffère. Quoi que je fasse.

— C'est juste de la frime, Elena. Il n'y a pas plus spongieux, plus vulnérable que moi.

— Comment je vais faire ? soupira-t-elle, plantée au milieu du salon.

— Eh bien... je peux te suggérer trois possibilités. Oublier. Me pardonner. Ou bien relativiser.

— J'avais une tout autre idée de l'amour. Et dans cette idée, il n'y avait pas de place pour ce genre de verbes.

— Eh bien fais-en une petite, je t'en prie.

— Tu vois, là, par exemple, j'ai envie de te gifler.

— Si ça peut te soulager...

— Ce qui me soulagerait, c'est de te voir à terre. Alors je te relèverais et on repartirait côte à côte.

Elle leva la tête vers la fenêtre. Elle semblait chercher dans les ténèbres quelque funeste inspiration. Elle dressa soudain un sourcil vers moi.

— Peut-être qu'il faut que tu me voies le faire.

— Quoi donc ?

— Coucher avec un autre homme.

— Je vais dormir. Bonne nuit, dis-je en m'éloignant.

— Demain, on retourne au Pettirosso.

— Certainement pas.

— Alors je te quitte, Celso.

— Tu me laisses la nuit pour y réfléchir ?

— Tu as même jusqu'à demain soir.

Je ne l'adorais pas moins malgré nos incessantes disputes, malgré sa véhémence, ses défaillances, sa vulnérabilité que je découvrais plus profonde chaque jour. Mais peut-être aurais-je envisagé autrement notre histoire, peut-être ne l'aurais-je pas installée sur un piédestal d'où je peinais tant à la faire descendre, si j'avais pu voir plus tôt ces brèches dans son caractère d'airain.

J'avais présumé de ses forces et sous-estimé les miennes.

Mon enfance, mes gènes, certains événements, mes inclinations naturelles avaient fait de moi un homme craintif et velléitaire. Or il me semblait qu'en refusant cet ultime chantage je prenais, pour la première fois, une certaine densité.

C'était au risque, bien sûr, de perdre Elena.

Si j'envisageai cette éventualité sans blêmir ni tourner de l'œil pour la première fois, c'est que j'entrevoyais la possibilité de m'en sortir sans elle. Il m'apparaissait subitement que ces deux années avec Elena m'avaient aguerri contre mes peurs les plus profondes. Ou peut-être les avaient-elles juste usées, épuisées jusqu'à leur ôter toute consistance. J'étais donc, pensai-je, en mesure de résister à son départ et sans doute à bien d'autres choses.

En songeant à l'avenir, allongé dans mon lit, les bras derrière la nuque, incapable de trouver le sommeil, ma poitrine se dilata, gonflée d'impatience et d'une joie inédite : j'allais, pour mes trente-trois ans, devenir enfin un homme solide, robuste, inébranlable. Elena me testait, cherchait à m'éprouver, eh bien elle verrait qui j'étais devenu grâce à elle ! Et j'allais, fort de ces nouveaux atouts, la reconquérir sans effort.

Bien sûr, il faudrait me montrer ferme et résolu. Des qualités qui m'étaient – pour le moment encore – étrangères, et un défi qui m'excitait autant qu'il m'effrayait puisqu'il allait déterminer le reste de ma vie.

Je finis par m'endormir, partagé entre la tristesse et la gaieté, car en disant adieu à l'ancien Celso je m'adressais aussi à l'enfant qui bâtissait des châteaux de sable sur les rives de l'Adriatique.

Le taxi nous déposa devant le Pettirosso. J'étais toujours fermement décidé à m'opposer à son stupide projet mais je n'avais pas encore trouvé l'occasion de le lui annoncer.

Je payai le chauffeur. Elena sortit de la voiture et maintint la portière ouverte.

— Qu'est-ce que tu fais ? Tu viens ?

— Je crois que j'ai oublié les clés de la maison.

— Pas grave. J'ai les miennes. Tu viens ?

— Je n'ai pas mes cigarettes.

— Ils en vendent.

— C'est toi qui as mon briquet ? C'est le briquet de mon père…, dis-je en palpant les poches de ma veste.

— Non. Mais ils vendent sûrement des allumettes. Bon. Tu descends ?

— Elena…

Elle baissa les yeux sur ses pieds, me regarda à nouveau.

— Tu ne viens pas, n'est-ce pas ?

— Non… je ne crois pas. Mais…

Elle me lança un regard las et désabusé.

Puis referma la portière.

Et tandis que le taxi s'éloignait, je pus lire sur ses lèvres qu'elle me disait « Adieu ».

Tout ne s'est pas passé comme je l'avais imaginé dans mon lit la veille. La détermination, la fermeté m'ont, au dernier moment, un peu lâché.

Il me sembla que je venais d'échouer à un examen capital et qu'en conséquence je n'obtiendrais pas mon certificat d'aptitude.

XX

Elle envoya un ami chercher ses affaires. J'espérai, jusqu'à ce que la porte de l'ascenseur se referme sur lui, qu'il allait me transmettre un message de sa part. Mais rien ne me fut jamais transmis malgré tous les signes que je pus chercher, aussi bien dans le ciel que dans ma boîte aux lettres, ou même chez cette voyante que j'allai consulter en cachette. Je n'eus de ses nouvelles que par Umberto, qui devenait malgré moi mon plus intime confident.

Il m'appelait chaque jour. S'inquiétait de mon moral. Me trouvait une voix d'outre-tombe. Me répétait de le rejoindre au Pettirosso pour rigoler un peu. Mais rigoler était le cadet de mes préoccupations. Et même si je m'épanchais auprès de lui, rigoler avec Umberto n'était pas encore dans mes projets.

Je me souvenais d'une discussion avec Elena où je me moquais de la naïveté d'Umberto, pour ne pas dire de sa bêtise, toutes choses que je ne pensais pas vraiment. Bien sûr, j'étais jaloux. Mais il n'y avait pas que ça. Je n'avais pas l'habitude de fréquenter des vendeurs de chaussures et je ne voyais pas, à la longue, ce que nous pourrions bien avoir à nous dire.

— Ça, c'est parce que tu ne sors pas de ton petit cercle d'amis, sinon tu saurais que le reste de l'humanité est tout aussi passionnant. Voire davantage.

— Peut-être bien. Mais je ne suis pas obligé d'aimer toute l'humanité. Je n'en aime qu'une partie. Et cette partie me suffit.

— Une minuscule partie. Triée sur le volet.

— Évidemment, triée sur le volet ! Tout le monde trie sur le volet ! Tout le monde choisit avec qui il veut frayer ! Tout le monde éprouve le besoin de se regrouper en communauté. C'est comme ça. C'est dans la nature humaine.

— Tu es si snob, Celso. C'en est presque écœurant. Tu ne peux pas te permettre d'être snob. Tu es un auteur.

— Qui n'écrit plus que des articles.

— Parce que ton cerveau est obstrué ! Ton univers est fermé hermétiquement. Tu sais qu'à force de ne fréquenter que le même type de personnes, tu ne développes qu'une partie de toi et de ton cerveau ? Tu es en train de nécroser le reste. Tu n'as qu'une vision partielle de l'humanité. Et tu sais pourquoi tu refuses de t'ouvrir au reste du monde ? Parce que tu as peur ! Ta personnalité est devenue monolithique et ta voix monocorde, parce que tu as peur. Rappelle-toi ce qu'il t'a dit, Umberto : se nourrir de tout ce qui alimente l'humanité. Seulement, toi, ça t'emmerde.

Elle n'avait pas tort. Mais à cette époque je me trouvais si insignifiant que j'avais besoin de m'entourer de lumières éclatantes, celle que produisait Umberto me paraissait trop pâle.

Trois semaines qu'elle m'avait quitté.

Je ne ressentais pas grand-chose, pas de vrai désespoir. Je parvenais, curieusement, à m'endormir assez vite. La place vide à côté de moi était encore si hantée par son aura que je ne me sentais pas encore tout à fait seul, pas tout à fait malheureux.

Chaque matin, je vaquais mécaniquement à mon rituel. Douche, café, brioches, journaux, courrier, puis écriture. Je ne cherchais surtout pas à briser ce flux routinier. Je retardais le moment où j'en aurais fini avec ces réalités qui me tenaient à distance du réel.

Mais lorsque ce dernier émergeait, lorsqu'il me saisissait par le biais d'une chaussure – un escarpin vert sur le flanc retrouvé, un matin, abandonné dans un coin du salon par ma désinvolte Cendrillon –, alors je sentais des mains tordre mes tripes et s'amuser à les nouer les unes aux autres. Je ramassais la chaussure comme s'il s'agissait d'une créature vivante. Le chagrin me rendait stupide et, pendant quelques jours, il m'arriva de parler au fauteuil où Elena aimait se vautrer avec sa grâce paresseuse.

J'apprenais à faire sans elle.

Ma tante Lucia, que j'avais un peu négligée du temps d'Elena, me fut d'un grand réconfort. J'allais lui rendre visite chaque fois que j'arrivais à rassembler assez de forces pour sortir de chez moi.

— Tu es pâle. Mange.

— Je n'ai pas faim.

— Mange ! Si elle revient et qu'elle te trouve dans cet état, elle ne voudra pas de toi.

— Tu penses qu'il y a une chance pour qu'elle revienne ?

— Non. Mais je voudrais que tu manges.

Elle me préparait des plats de pâtes merveilleux que j'étais tenu de finir, tandis qu'elle m'observait, menaçante, assise à table en face de moi, bras croisés, sous le portrait de Mussolini – il y en avait un dans chaque pièce. Et lorsque, prétextant un rendez-vous important, je me soustrayais à ces assignations, elle venait sonner à ma porte, l'œil mauvais, un plat de pâtes encore fumant dans les mains.

J'invitais parfois Umberto, qui se joignait avec plaisir à ces rendez-vous, ravi de déjeuner à l'œil.

Umberto plut immédiatement à tante Lucia. Ils riaient pour un oui pour un non, et leur gaieté, leur affection sincère me remontèrent considérablement le moral.

XXI

Tante Lucia s'est éteinte dans son sommeil, quatre mois après le départ d'Elena. Une mort soudaine et inattendue pour celle qui semblait en pleine forme et riait encore la veille des histoires d'Umberto.

Nous étions une trentaine – Umberto m'avait accompagné – à assister à la cérémonie d'enterrement, et je pense qu'une vingtaine n'était là que pour assurer sa part de légitimité quand arriverait l'heure de parler héritage. Ce que ne tarda pas à faire l'un des neveux qui vint me trouver, le front contrit et la voix fausse, pour m'annoncer :

— Oh, bien sûr, il n'y a pas d'urgence, et ce n'est certainement pas le lieu pour en parler, mais comme nous n'avons que rarement l'occasion de nous voir, peut-être est-il judicieux de vous avertir dès maintenant qu'au vu des circonstances vous devriez envisager dans un proche avenir de libérer l'appartement de la via San Teodoro.

— Cher cousin, peut-être devriez-vous pour l'heure vous consacrer à la mémoire de tante Lucia. À ses yeux, vous comptiez beaucoup plus que son appartement.

Il hocha la tête en manière de salut et rejoignit son groupe. J'aurais juré qu'un seul de mes regards aurait suffi à le faire fuir.

J'étais indigné qu'on piétine ainsi la mémoire de tante Lucia, et cette colère qui avait jailli presque malgré moi eut un effet vivifiant. Je ne pus m'empêcher de penser que tante Lucia, de là-haut, me transmettait un peu de sa force et de sa vitalité.

Quand je quittai l'église, je croisai le neveu. Celui-ci m'adressa un signe de la main plein de déférence auquel je me fis un devoir de ne pas répondre.

Je rentrai chez moi à pied, toujours en compagnie d'Umberto.

— Tu l'as bien mouché, cet idiot. Bravo ! Je suis fier de toi ! lança-t-il en m'assenant une vigoureuse claque derrière la nuque.

— Il va quand même falloir que je parte. Je ne payais qu'un petit loyer du temps de tante Lucia, mais les cousins ne vont pas me faire de cadeau. Je m'en occuperai à mon retour.

— Tu pars ?

— Dans les Pouilles. À Santa Maria di Leuca. Je dois aller porter les cendres de tante Lucia à sa sœur, tante Agostina. Et puis j'en profiterai pour voir mon père... s'il veut bien sortir de sa cellule.

— Et tu crois que je vais te laisser partir seul, dans ton état ?

— Umberto, c'est vraiment gentil de ta part, mais ça n'a rien d'un voyage d'agrément, je t'assure. Et puis, dans mon souvenir, Agostina n'est pas aussi sympathique que sa sœur.

— Bon, tu ne veux pas que je vienne. Très bien ! Je respecte ça. Comment faire autrement ?

— Ce n'est pas que je ne veux pas, je t'assure, Umberto... seulement... ce ne sera pas amusant. Il y a même de fortes chances pour que ce soit sinistre.

— Sais-tu ce qu'est l'amitié, idiot ?

— J'en ai entendu parler, oui...

Dans le fond, j'étais heureux qu'il m'accompagne. L'idée de revoir mon père me provoquait déjà quelques aigreurs d'estomac.

Papa bénéficia pour l'occasion d'une permission. En réalité, celle-ci était inutile puisqu'il était officiellement libre. Il avait purgé sa peine depuis bientôt trois ans mais refusait de sortir de prison. Il avait passé près de vingt ans en détention pour avoir causé la mort de maman et de son amant, et tous ses amis, ses habitudes et le reste de sa vie se trouvaient là-bas. Ainsi, chaque fois qu'on le mettait dehors, papa s'arrangeait pour qu'on le ramène dans sa cellule. La première fois, il s'était déshabillé devant le commissariat et avait uriné sur la porte. Une autre fois, il avait volé un jambon à un étalage et l'avait jeté dans la fenêtre du même commissariat. Mais, la plupart du temps, il aimait bien montrer son postérieur, s'exhiber, ce genre de choses. Ça l'amusait et ça lui demandait peu d'efforts. « Je suis vieux, me disait-il quand on se parlait au téléphone. Je ne vais pas m'amuser à voler des bicyclettes, alors je montre mon cul. »

Nous partîmes pour les Pouilles la semaine suivante, un matin, aux aurores.

Je laissai le volant de mon coupé à Umberto. Il éprouvait le même bonheur qu'Elena à le conduire. Une joie puérile et exubérante. J'avais fait repeindre la MG du même vert qu'à l'origine. Et venu la récupérer chez le garagiste, j'avais été partagé entre la joie de la retrouver flambant neuve et la peine de voir effacés ces souvenirs de mes années Elena.

Umberto riait pour un oui pour un non. Sauf quand il évoquait Vittoria, et cette autre femme que j'avais croisée au Pettirosso, la première fois.

— Nous avons eu une petite histoire, Vittoria et moi. Mais moi, je ne peux pas être avec une seule femme.

— Je pensais qu'elle non plus.

— Elle ment. Elle est exclusive.

— Elle m'a expliqué qu'elle ne croyait pas à l'amour.

— Elle ment, je te dis ! Elle ne croit qu'en ça. Je l'aime beaucoup, mais pas assez à ses yeux. Je n'y peux rien ! On peut se forcer à aimer, faire semblant. Très souvent, je me suis forcé à aimer des filles parce que je les trouvais gentilles, et douces, parce que c'était agréable d'être avec elles, tranquille, elles s'occupent de toi, te cuisinent de bons petits plats, t'achètent une paire de caleçons, et tu y crois, tu peux te laisser glisser, tu vois. Mais le problème, c'est le désir, tu ne peux tromper personne là-dessus.

— Et cette fille qui était près de toi, le premier soir ? Très belle, cheveux longs. Élégante. Silencieuse.

— Oh ! Nadia. Nadia est un sujet sensible.

— Alors c'est elle que tu aimes, n'est-ce pas ? Les femmes qu'on aime sont toujours des sujets sensibles.

— Nadia est une bourgeoise mariée. Je suis un coureur et un vendeur de chaussures. Elle aime juste s'amuser avec moi au Pettirosso. Rien de plus.

— C'est parfait pour toi qui ne veux rien de plus avec les femmes, non ?

— Eh bien... Nadia est très spéciale, et... mais... oh ! arrête de m'emmerder avec tes questions !

J'éclatai de rire et il alluma la radio. Les tubes populaires de Radio Kiss Kiss et la voix tonitruante d'Umberto nous accompagnèrent le reste du chemin.

— C'est incroyable que tu connaisses toutes ces chansons par cœur.

— J'écoute beaucoup la radio au magasin. J'adore chanter ! Ça me rend joyeux ! cria-t-il pour couvrir le bruit de la musique, du vent et du moteur.

Quand nous arrivâmes en fin de journée, mes oreilles bourdonnaient un peu. Je laissai Umberto à l'hôtel et filai à mon rendez-vous avec mon père.

XXII

J'avais réservé chez Zio Tom, un petit restaurant surplombant la mer. Un endroit de paix, parfait pour retrouver mon père, après plus de vingt ans.

Je dois ici apporter une précision. Si je n'étais pas allé lui rendre visite depuis son incarcération, ce n'était pas seulement de mon fait. De longues années, il avait refusé que je le voie dans ces conditions. Mon père et moi n'avions jamais été très intimes. Peut-être parce qu'il m'avait eu tard, peut-être parce que ses problèmes avec ma mère l'avaient toujours occupé, et aussi parce que, à cette époque, l'éducation d'un enfant revenait d'abord à la mère. Enfin, il y a ce proverbe qui dit *« Amor tenero dalla madre, amor forte del padre »* : une mère aime tendrement, et un père, solidement. Peut-être que mon père confondait solidement et brusquement.

Devenu adulte, j'avais tenté à de nombreuses reprises de braver mon appréhension. Mais, chaque fois que nous nous parlions, les jours précédant ma venue (car nous nous téléphonions et nous écrivions régulièrement), nous nous disputions si violemment que je renonçais à mon voyage. Et, pour tout dire, même si je ne m'en réjouissais pas, je m'en accommodais bien. Le temps a passé. Vingt ans sans voir mon père, vingt ans à le priver de son fils. C'est idiot, et je le regrette.

J'étais en avance parce que je voulais parer à toute éventualité, celle qu'il arrive à moitié nu, par exemple, même s'il m'avait juré de se tenir.

Il avait fait le trajet, seul, en train depuis Taranto, avec un petit sac de sport contenant des affaires pour trois jours. Il avait insisté pour me rejoindre à Leuca. Sa voix était chevrotante mais le ton se voulait assuré. Je n'ai pas osé le contrarier.

J'étais sur la terrasse du restaurant, près de la balustrade. Je guettais l'entrée. Et je l'ai vu. J'ai senti cette déflagration dans ma poitrine et je me suis retenu de pleurer en me mordant l'intérieur des joues. Mais, bientôt, j'ai été submergé par les larmes. Je n'aurais pu dire si elles étaient de joie ou de chagrin.

Il est entré dans la salle, hésitant, il a regardé autour de lui, à ma recherche. Il était petit, presque plié en deux, dans une sorte d'imperméable lamentable qui tombait mollement sur ses épaules. Il portait un chapeau et une paire de lunettes à monture d'écaille qui lui mangeait la moitié du visage. Il me cherchait toujours. Aucun serveur ne vint à son aide et une subite tendresse filiale m'envahit. Je voulus courir à son secours, mais je m'en abstins pour une raison qui m'échappe et je restai encore quelques instants à l'observer, flottant. Le voir se déplacer était douloureux et faisait comprendre à quiconque le malheur de la vieillesse. Puis, ô miracle, il découvrit la terrasse et s'en approcha à petits pas mal assurés. Je pus mieux voir ses traits. Ma foi, c'étaient ceux d'un vieil homme et je ne retrouvai rien de familier, ni même de remarquable en eux. J'aurais aimé me reconnaître en lui, établir un lien, car c'est précisément ce qui m'avait toujours manqué, ce lien qui attache certaines personnes entre elles. Il me semble que c'est ce lien qui les rend encore plus fortes. Si j'avais pu établir un tel lien avec quelqu'un, je me serais senti moins vulnérable. Moins perméable au malheur, au vice et à la peur.

Il avait les yeux très clairs et la peau cuivrée. Et des rides, des sillons profonds de chaque côté de la bouche, et d'autres sur les joues, plus délicates, qui s'entrelaçaient. Des poches, des bosses, des creux, des rides et des sillons.

Il était à quelques mètres de moi. Il avait pris appui de trois doigts sur une table.

Je l'entendais grommeler. J'avais envie de rire. Je reconnus mon nez dans le sien que j'avais déjà vu sur les rares photos qu'il m'avait envoyées. Long, étroit, un peu sinueux et qui finissait en une petite boule, comme modelé par le Seigneur un jour d'humeur facétieuse. Mon père marmonnait en scrutant tout autour de lui, sauf dans ma direction. Il regarda ses pieds, comme pour s'assurer qu'ils étaient bien toujours au bout de ses jambes, puis avança de quelques pas avant de s'arrêter à ma table et d'y poser trois doigts, afin de reprendre son souffle.

— Est-ce que tu le fais exprès ou bien tu es complètement aveugle ?

— Oh, ben merde, tu es là, toi ! Nom de Dieu, trois heures que je te cherche, oh ben... Bon Dieu, c'est pas vrai que je te trouve enfin !

Je me levai et vins l'étreindre. J'y allai doucement. J'avais pourtant envie de le déplier, de le redresser en le serrant un bon coup contre moi, en lui faisant craquer les os, mais je le manipulai délicatement, je sentais sa raideur et comme il peinait à lever la tête. J'avais l'impression que toute son ossature était irrévocablement calcifiée.

— Bonsoir, papa.

Il me donna des petites tapes sur l'échine puis vint s'asseoir.

— Tu me pardonnes, je suis vieux et cette partie de cache-cache m'a épuisé. Bon, fais voir à quoi tu ressembles, dit-il en se soulevant légèrement de sa chaise et en se penchant vers moi par-dessus nos assiettes encore vides.

Il m'examinait, le nez plissé derrière ses lunettes, les babines relevées en une terrifiante grimace, comme si faire le point mobilisait toutes les forces vives de son corps.

— Papa, il faudrait peut-être changer de lunettes.

— J'y vois très bien. Tu es vieux, hein !... Et tu as mon nez ! Bon. Tu n'es pas très beau..., soupira-t-il en s'asseyant.

— Merci, papa, ça fait plaisir de te voir.

— Ne sois pas vexé, hein, tu étais un très beau petit... Et puis, bon, je ne sais pas ce qui t'est arrivé.

— Ça ne m'aurait pas déplu d'être un peu plus beau, mais je n'ai jamais eu à me plaindre de mon physique.

— Tu as un gros sexe ? me demanda-t-il en se penchant en avant. C'est ça qui compte.

— Normal, je crois.

— Alors, c'est que je ne suis pas ton père. C'est l'autre. Moi j'ai un sexe énorme. Dans le couloir, c'est moi qui ai la plus grosse. Tous âges confondus. Montre-la-moi. Fais voir, je vais te dire si tu es mon fils ou non.

— Papa, je t'en prie, ne recommence pas avec ça. Tu es mon père, on a fait les prises de sang, non ? On a fait deux analyses d'ADN, ça ne te suffit pas ?

— Bah... ça ne veut rien dire. Qu'est-ce qu'on boit ?

— Je t'ai attendu pour choisir.

— Je voudrais un grand vin.

— Rien que ça ? souris-je.

— Quoi ? Tu ne crois pas qu'on peut fêter dignement nos retrouvailles ? À moins que t'aies pas de quoi payer. Tu as de l'argent ?

— Oui, bien sûr que j'ai de l'argent, papa ! Qu'est-ce que tu crois ! Ne t'inquiète pas pour ça, je t'offre tous les vins que tu veux.

— Alors offre-nous une bonne bouteille de sassicaia.

Il ôta son imperméable. Dessous, il portait une veste de jogging Nike zippée sur le devant.

— Demain, je t'emmènerai faire quelques courses, si tu veux. Je t'achèterai un costume ou deux.

— C'est ça, puis un smoking et une panoplie de pompier pendant que tu y es. Je suis en prison, Celso ! Tu es con ou quoi ? Qu'est-ce que tu veux que je fasse d'un costume en prison ?

— Tu pourrais en sortir, si tu le voulais. Si tu arrêtais de montrer ton...

Sans un mot, il se leva et enfila son imperméable.

— Qu'est-ce que tu fais ? Papa, assieds-toi s'il te plaît ! Enlève ton manteau et assieds-toi ! Excuse-moi si j'ai dit quelque chose qui t'a blessé. Papa.

Il hésita, puis ôta son imper et se rassit.

— Il ne faut pas me contrarier. Tu comprends ? J'ai quatre-vingt-sept ans. Je ne suis plus en âge d'être contrarié. Ça peut me tuer. Alors soit tu m'écoutes et tu ne me contraries pas, soit je m'en vais. Ça veut dire quoi de contrarier un vieillard, hein ? À quoi bon, nom de Dieu ?

— D'accord, d'accord ! Pas de problème. Je te demande pardon.

— J'accepte tes excuses. Mais sache que je ne veux plus discuter de tout ça. J'habite là-bas. Point final. J'ai mis des rideaux, j'ai un chat, *cazzo*, une télé, un réchaud et même un frigidaire ; je me fais mes pâtes au veau et à la tomate, je suis bien ! Je ne veux pas déménager, acheter des meubles, me lever seul, regarder ma télé seul, et avec qui je jouerais aux cartes, hein ? J'ai quatre-vingt-sept ans, c'est pas l'âge de refaire sa vie. Alors tais-toi, abruti. Tiens, appelle un serveur et demande-lui sa meilleure bouteille de sassicaia.

Il s'enfonça dans son siège et souffla bruyamment.

— Qu'est-ce que tu regardes comme ça ? Je suis vieux, hein ! Ça te dégoûte ?

— Pas du tout, papa.

— Ben moi, si, ça me dégoûte d'être vieux. On pue. J'espère que tu as bien profité de ta jeunesse et de la vie en général parce que la vieillesse, c'est que de la merde. Ça ne t'apporte rien de bon ! Que des emmerdes. Les seules choses positives, ce sont celles qui te restent du passé ; alors tu as intérêt à en faire provision, mon garçon ! Sinon tu l'as dans l'os. La vieillesse ne t'apporte aucune distraction ! Je vois pas à quoi elle sert, nom de Dieu... C'est une punition, une expiation je t'assure, alors tant qu'à faire, amuse-toi, abuse, vis ! Et des conneries, mon fils, n'hésite jamais à en faire ! Raisonnablement, raisonnablement, ne fais pas comme ton père, ne tue personne ! Et surtout pas la femme que tu aimes, sinon c'est double peine. Raconte-moi où tu en es. Dans tes lettres, on ne comprend rien. On ne sait pas si tu es heureux, malheureux, et je ne suis pas le seul, personne dans le couloir n'en comprend un mot !

— Tu lis mes lettres à tes amis ?

— Bien sûr. On se lit tous nos lettres. C'est une tradition, on se les lit à voix haute. Il faut bien se distraire, dis !

— Mais voyons, papa ! Je ne veux pas que tu lises mes lettres à tes... à tes amis... Bien, je le saurai à l'avenir, j'éviterai de te raconter des choses trop intimes.

— Non, au contraire, c'est ce qu'il y a de plus marrant. Mes amis trouvent que tu écris bien. Moi, je pense que c'est parce que je te lis bien. Parce que ce que tu écris, c'est triste à mourir. Il n'y a pas de gaieté dans tes lettres. Il y a juste cette façon qu'affectent maintenant tous les oiseaux de ton espèce, l'ironie. Je déteste l'ironie. C'est une astuce de nihiliste. Un artifice de mécréant et de pessimiste, de bilieux et de dépressif. Il ne faut pas en abuser, Celso.

— Eh bien, c'est que... C'est que j'ai traversé une période un peu difficile et...

Il se souleva un peu, se pencha de nouveau vers moi, me demanda de m'approcher, ce que je fis, puis me ficha un coup de poing sur le nez et se rassit.

Je me retins de crier mais la douleur était si vive, si aiguë que je crus un instant qu'il m'avait enfoncé le nez dans le crâne et que j'étais devenu aveugle.

— Mais qu'est-ce qui te prend ? Tu es fou ? Nom de Dieu, tu es complètement cinglé ! dis-je en couvrant mon nez de ma serviette. Je saigne ! Regarde ce que tu as fait ! Je saigne !

— Je saigne ! Je saigne ! me railla-t-il. Écoutez-le... Ce n'est rien, arrête de pleurnicher, tu veux bien ! Oh, bon sang, comment te faire comprendre qu'il n'y a pas de place pour les couards sur terre ? Il n'y a pas de belle et grande place pour ceux-là, Celso ! Comment t'enfoncer ça dans le crâne ? Est-ce qu'un autre coup de poing dans le nez t'aiderait à le comprendre ?

— Non merci, ça ira.

— Tu auras toute ta vieillesse pour être faible et te plaindre, et toute la mort pour dormir. Tu n'as donc pas envie de grandir et de devenir un homme ? Que vas-tu transmettre à tes enfants ?

— Je n'ai pas d'enfants, papa.

— Ça ne m'étonne pas. Oh, à quoi bon cette discussion... tu as quarante-six ans et...

— J'ai trente-trois ans, papa. Je les aurai dans trois jours, si tu veux savoir.

— Ah ben, bon anniversaire, alors.

— On va se revoir, non ? Je reviendrai te chercher, si tu veux bien. J'ai prévu de rester un peu.

— Je regarderai dans mon agenda. Qu'est-ce que je disais, déjà ? Tiens, attrape le serveur derrière toi et commande-nous du sassicaia, ça fait vingt ans que j'attends ça. Attrape-le par sa veste, s'il le faut.

Il essuya les commissures de ses lèvres avec la pointe de sa serviette et je me dis que, malgré toutes ces années de prison, il avait conservé quelques belles manières.

— Ah, je m'énerve et je ne devrais pas, dit-il en posant la main sur son cœur. En même temps, je m'en fous ! Mourir ici à table avec mon fils, ce serait quand même mieux que tout seul dans mon lit. Pas vrai ? Mais si je m'énerve, c'est parce que moi je sais et que toi tu ne sais pas. Moi je sais parce que je suis arrivé à la fin de ma vie et que je peux me retourner et constater le gâchis. Toi, tu ne le peux pas encore. Malgré tes quarante-six ans, tu n'es pas arrivé au bout et tu penses que tu n'y arriveras pas avant longtemps, pas vrai ?

— J'ai trente-trois ans, papa. Dans trois jours...

— Ah ben, bon anniversaire, alors. Mais ça change quoi ? Tu penses qu'à trente-trois ans tu peux encore gaspiller un peu de temps, que tu en as suffisamment en réserve, pas vrai ? Espèce de fou inconscient. Tu as cinq minutes ? Je vais te raconter ce qui est arrivé à mon ami Salvator.

— Bien sûr que j'ai cinq minutes, papa, on n'a même pas commandé !

— Très bien. Pendant longtemps, j'ai partagé ma cellule avec un type qui s'appelait Salvator Biaggi et qui est devenu un grand ami (il se signa puis embrassa ses doigts joints qu'il dirigea ensuite vers le ciel). Il était gras comme un porc, vraiment très gras ; il suintait du saindoux, ce cochon, et quelques jours après son arrivée, il avait demandé à sa femme de lui acheter un costume en taille 44 pour le jour de sa sortie. Il pensait qu'en dix-sept ans de prison il aurait le temps de maigrir. Ce qu'on peut logiquement penser, pas vrai, on n'a pas grand-chose à faire en prison, hein. Il regardait son costume tous les jours, et tous les jours il disait : « Le jour où je rentrerai dans ce costume, eh ben ce jour-là sera le début de ma nouvelle vie. » Eh bien, tu peux croire que ce crétin est reparti plus gras qu'il n'était rentré avec son costume sur le bras ? Tu comprends ce que je veux te dire ? Bon, ça m'a pris moins de cinq minutes. Tu peux y aller, dit-il en se rencognant sur sa chaise.

— Où veux-tu que j'aille, papa ! Je suis venu dîner avec toi ! Je vais attendre la fin du dîner pour partir, d'accord ?

— D'accord ! D'accord ! Ne t'énerve pas ! Alors parle-moi de ta petite femme. Est-ce que tu sais que j'ai pas touché une femme depuis vingt-cinq ans, depuis que j'ai tâté la cuisse de mon avocate... Oh, mon fils, tu aurais vu cette gifle qu'elle m'a fichue, cette garce ! Mais je ne suis pas devenu homosexuel pour autant, ça non, bon Dieu ! Parle-moi de ta petite femme, est-ce qu'elle est belle ? Parce que tout est là. La beauté des femmes, c'est ça le grand sujet. C'est ça le grand drame des hommes. Ta mère était la plus belle d'entre toutes les femmes. Mais tu ne t'en souviens sûrement pas.

— Bien sûr que je m'en souviens.

— Est-ce que tu as commandé le sassicaia ?

— Oui, c'est fait.

— Pourquoi c'est si long, nom de Dieu, ils sont en train de récolter le raisin ou quoi ? Est-ce qu'ils s'imaginent qu'on a toute la vie ? Ah... (Il posa son coude sur la table et sa paume ouverte accueillit son front.)

— Ça va, papa ?

— Oui, ça va ! Bien sûr que ça va, ça me secoue d'être là, en face de mon fils. T'es pas secoué, toi ?

— Si. Je suis heureux, et triste d'avoir attendu si longtemps.

— Voilà votre vin, messieurs, dit le garçon en nous présentant la bouteille. Je fais goûter à qui ?

— Papa ?

— Allez ! Versez, versez, mon garçon !

Le serveur remplit le fond du verre et attendit.

Mon père se leva.

— Où vas-tu ?

— Il faut que j'aille au petit coin avant. Il faut que ce soit un moment parfait et j'ai trop envie de pisser... Ça me parasite le cerveau. Dites-moi où est le petit coin, mon garçon.

— Vous traversez la terrasse et c'est au fond de la salle sur la droite. Voulez-vous que je vous accompagne ?

— Je sais encore pisser seul, merci. Restez là. J'en ai pas pour longtemps.

Il se leva avec difficulté, se détacha prudemment de la table et s'éloigna à petits pas rapides et maladroits. Le garçon et moi nous regardâmes ; il allait falloir être patient.

— Vous voulez goûter en attendant ?

— Non, merci.

Le jeune type aux cheveux luisants de gel acquiesça d'un bref sourire de subalterne. Il tenait la bouteille à deux mains et imperceptiblement il ajusta les pieds sur le sol, comme pour mieux se préparer à l'attente.

— Vous êtes bien installés, dis-je en admirant la vue.

— Merci, monsieur.

Je hochai la tête, un peu étonné que ce jeune homme ait pris le compliment à son compte.

Après un moment, le serveur montra quelques signes d'agitation. Il toussa et, à plusieurs reprises, tourna ostensiblement la tête en direction des toilettes.

— Il faut que je retourne en salle. Je suis désolé. Je reviendrai dès que le monsieur sera revenu.

— Je vous en prie, dis-je en me levant, je vais voir ce qu'il fabrique. Il doit être coincé à l'intérieur.

Je me levai, traversai la terrasse puis la salle, et gagnai les toilettes. Un homme était là qui attendait.

— Vous attendez depuis longtemps ?

— Non... deux ou trois minutes.

Je m'approchai de la porte et toquai doucement.

— Papa ? Tu es là ?

L'oreille et la joue collées à la porte, je n'entendis rien.

Je frappai avec le plat de la main.

Le type s'en alla et revint quelques secondes plus tard avec un responsable. Je lui expliquai que mon père était là-dedans, qu'il avait dû faire un malaise. Je commençais à m'inquiéter. J'étais certain que mon père se trouvait derrière cette porte. Il n'avait pas pu se volatiliser !

Le type me pria de me pousser et toqua à son tour en appelant : « Monsieur ? Monsieur ? Il y a un problème ? » Si c'était pour faire ça, je n'avais pas besoin de lui.

— Il faut ouvrir. S'il vous plaît, défoncez cette porte.

Le type se grattait le crâne, se demandant probablement s'il était préférable d'abîmer sa porte ou de retrouver un cadavre dans les toilettes. Il sortit avant de revenir avec un pied-de-biche et un serveur. Ils discutèrent de la meilleure façon d'ouvrir la fichue porte sans trop l'abîmer ni toucher le mur.

« Ouvrez cette porte ! » hurlai-je.

Le type s'exécuta enfin.

Papa était là, à moitié étendu sur le carrelage, l'épaule appuyée contre le mur, les jambes repliées sous lui, le pantalon baissé que je m'empressai de relever. J'avais le nez dans son cou. Il sentait le vieux. Une odeur de parfum tourné, une exhalaison aigre et légèrement fumée. J'avais l'estomac qui me remontait dans la gorge. Cette odeur de vieux évoquait la mort, les chairs qui pourrissent. Ça sentait aussi l'urine, mais je supposai que c'était le lieu. Je touchai son visage, ses joues, ses mains, elles étaient chaudes. Je cherchai son pouls. En vain. Ses yeux mi-clos me laissèrent deviner que c'était fini. J'exigeai quand même une ambulance.

Je passai mes bras sous ses aisselles et le soulevai pour l'amener dans la partie commune des toilettes. Je demandai un drap, une serviette pour l'allonger. En attendant, je portai mon père dans mes bras. Il était très léger, comme s'il était vide. Son menton reposait sur mon épaule. Je nous regardai dans la glace au-dessus du lavabo. On aurait dit que je portais un enfant endormi, n'étaient ces vêtements absurdes et l'arrière de son crâne, ses cheveux blancs, hirsutes, avec sa tonsure rose au milieu. Je m'en voulais de n'avoir pas pris soin de lui plus tôt. Je fis ce que je n'avais jamais fait auparavant, je le serrai contre moi.

L'ambulance arriva.

Il n'avait même pas goûté son sassicaia.

XXIII

« *Un bel morir tutta la vita onora* », a dit un Pétrarque. Une belle mort anoblit toute la vie.

Je doutais que celle de mon père le grandisse vraiment mais ça m'importait peu. Elle eut au moins le mérite de nous rapprocher, et même de nous unir. Cette étreinte physique, concrète, nous n'aurions jamais pu l'avoir de son vivant.

Pendant deux jours, je dus organiser l'enterrement et résoudre quelques soucis administratifs. Umberto m'accompagna dans toutes ces démarches, m'épaulant chaque fois que je montrais quelques signes de fatigue, me distrayant chaque fois que le chagrin me rattrapait.

Je parvins toutefois à lui faire découvrir, au cours de ce périple étrange, mes coins préférés de la région du Salento et à partager avec lui mon goût pour les édifices religieux. Nous visitâmes la cathédrale normande et l'église byzantine de San Pietro à Otranto, l'église romaine de Gallipoli, la basilique baroque Santa Croce de Lecce, celle de Nardò, l'église gothique de Santa Caterina d'Alessandria et celle dei Santi Pietro e Paolo à Galatina, et puis la cathédrale romane de Trani – l'une de mes préférées. J'aurais pu rester là des heures, ou peut-être le reste de ma vie, assis sur cette grande place désertée à cause de la chaleur, à brûler sous le soleil. Mais Umberto commençait à piaffer.

Enfin, nous fîmes une courte (je l'avais juré à Umberto) pause devant l'église de Taviano, sur la place. Sûrement la moins spectaculaire, mais cette modeste bâtisse, si loin de l'exubérance baroque des édifices de Lecce, me toucha particulièrement. Son dénuement me rappelait sans doute celui dans lequel m'avaient laissé mes deuils récents. J'y entrai.

Après avoir brûlé près d'une dizaine de cierges à la mémoire de mon père et de tante Lucia, je décidai de réserver mes dernières prières et de dédier l'ultime cierge à mon regretté amour. Je priai non pas pour qu'Il me la rendît, je n'aurais pas su quoi en faire, mais juste pour qu'Il la remette sur mon chemin : la revoir, juste une fois. Sa beauté me manquait. C'était une prière raisonnable, elle ne pouvait, pensai-je, qu'obtenir une réponse favorable.

Dans ma lancée – qu'y avait-il de mal à cela ? –, je demandai, à tout hasard, et si toutefois je me remettais à écrire, qu'on me verse un à-valoir supérieur à celui de Vittorio Moretti.

En quittant l'église, je souris en pensant à la tête de Moretti le jour où il apprendrait le montant de mon avance. Et quand je rejoignis Umberto qui m'attendait, fumant une cigarette sur un banc de pierre, je sentis sur ma joue la caresse de mon ami, ému et saisi de voir un fils honorer la mémoire de son père avec une telle ferveur.

— Je ne pensais pas que ton cœur pouvait contenir autant d'amour. Je suis content d'être ton ami, Celso. Vraiment content. Allez, fit-il claquant sa paume sur ma cuisse, maintenant, on arrête avec les églises, d'accord? Allons chez tante Agostina.

Sur la route, nous ralentissions pour tenter d'apercevoir les villas et les petits palais du XIXe cachés au fond des allées de cyprès, ou pour mieux profiter de la vue des collines rouges plantées d'oliviers argentés. Le sirocco rendait l'air tiède et la poussière de sable qu'il apportait le parfumait d'essence minérale. Umberto me demandait parfois d'arrêter la voiture. Il voulait capturer chacun des arômes que le vent nous offrait. Puis il fumait une cigarette ou prenait des photos. Et nous reprenions la route.

— Les photos, c'est pour Nadia ou pour Vittoria? le taquinai-je.

— Ni l'une ni l'autre, idiot! C'est pour moi. J'ai un mur, au magasin, où je colle mes photos de voyages. Je les regarde quand je m'emmerde. J'adore voyager.

— Où es-tu allé?

— À Naples. À Milan. À Venise.

— Tu n'as jamais quitté l'Italie?

— Pour quoi faire? On a tout ici, non?

— Je ne sais pas. Voir d'autres paysages, des cultures, des caractères différents. Tu n'aimerais pas aller ne serait-ce qu'en France, en Espagne? La Corse? Le Maroc? Ce n'est pas si loin!

— Si. J'aimerais bien aller au Nouveau-Mexique.

— Au Nouveau-Mexique?

— Oui.

— Et pourquoi?

— Parce que c'est au Nouveau-Mexique qu'a été tourné *Mon nom est Personne* et que c'est mon film préféré. Je l'ai vu plus de trente fois.

Il me restait à remettre les cendres de ma tante Lucia à sa sœur, Agostina, et à lui annoncer également la mort de son frère.

Elle habitait une petite maison en pierre isolée au milieu des pins.

Elle ne se souvenait pas de moi. Elle ne se souvenait pas de grand-chose, si ce n'est qu'il était l'heure d'allumer le poêle pour préparer son dîner. J'étais consigné dans un coin de la cuisine, tandis qu'elle bourrait le poêle en fonte de pommes de pin et de bûchettes. Il semblait que rien ne pouvait troubler ce rituel. Une fois qu'il fut achevé, elle tira une chaise à elle et m'autorisa à m'asseoir, et à parler.

— Je t'écoute, lâcha-t-elle en lissant de ses mains sèches son tablier en toile épaisse et rugueuse sur ses genoux.

— Eh bien, je suis venu vous parler de votre frère, qui est donc mon père, Agostino Brigganti, et de votre sœur, Lucia.

La vieille femme se mit à crier quand je lui annonçai la mort de papa puis celle de tante Lucia. Elle pleurait, geignait en implorant le Seigneur, criait que j'étais le diable pour venir lui apporter autant de morts ; je lui répondis que j'étais désolé, que je n'en étais pas le responsable, mais la pauvre vieille se replia sur son antique chaise paillée et pleura dans son giron.

— Tante Agostina...

— Va-t'en, va-t'en !

— Est-ce que... est-ce que je vous laisse l'urne, quand même ?

— Laisse, laisse ! Laisse-la sur la table, malheureux. Et demain, tu m'apporteras celles d'Agostino ? Oh Seigneur ! Et après-demain, hein ? De qui vas-tu m'apporter les cendres ? Quelle mort vas-tu m'annoncer, demain ? Je n'ai plus personne à présent. Je suis seule. Va-t'en, va-t'en !

J'essayai maladroitement de la consoler, mais chaque fois que j'ouvrais la bouche ou faisais un pas vers elle, tante Agostina glapissait de plus belle, fouettant l'air dans ma direction d'une main déformée par l'arthrose.

Je quittai la petite maison à l'odeur de sous-bois. Mais quand je regagnai la voiture, où Umberto m'attendait, fumant une cigarette appuyé contre le capot, un fracas provenant de la maison parvint jusqu'à nous. Je me précipitai et trouvai la nonagénaire au sol, pliée en chien de fusil, la chaise renversée non loin d'elle. La pauvre vieille n'avait pas supporté les tristes nouvelles que je venais de lui annoncer. En quelque sorte, je l'avais tuée.

J'avais eu l'occasion de me familiariser avec la mort ces derniers temps, et en réalité je connaissais très peu tante Agostina, que j'avais dû voir, enfant, à quelques repas familiaux. Je ne fus donc guère attristé, juste choqué par cette succession de décès et peut-être aussi par la vision de cette pauvre vieille, la bouche grande ouverte sur un cri silencieux et néanmoins terrifiant.

Le soir, rentrant à l'hôtel avec Umberto, lassé par les tâches administratives dont j'avais dû de nouveau m'acquitter pour tante Agostina, je me demandai combien de morts il me faudrait pour que je parvienne à effacer le souvenir d'Elena. Car parmi toutes les pertes que j'avais connues ces derniers temps, je ne pouvais nier que c'était celle d'Elena qui, sans conteste, m'affligeait le plus. La seule pour laquelle j'avais éprouvé une profonde et douloureuse morsure. Celle de mon père, plus sourde, faisait déjà son chemin. Et je chérissais le chagrin qu'elle m'inspirait, heureux et soulagé de ressentir enfin de l'amour, de la chaleur et même de l'admiration pour cet homme que j'avais si longtemps et bêtement tenu à distance. Ce chagrin filial était la preuve qu'il existait un lien entre lui et moi, et même s'il arrivait un peu tard, il comblait, de manière très étrange, je le conçois, un vide qui m'avait toujours encombré.

— Mon vieux, dit Umberto, me voyant ainsi rongé par ces coupables questionnements. (Il posa sa main sur ma nuque et la serra d'une manière à la fois virile et affectueuse.) Je crois bien que je suis à court de condoléances… je peux juste te dire que je suis bien triste pour toi, désolé par tous ces morts qui te tombent dessus, si je peux dire… C'est vraiment pas de bol, mon vieux… C'est vrai que trois morts… c'est…

J'attendais la suite, et comme elle ne venait pas, je me tournai vers lui et je le vis, les pommettes rouges et les larmes aux yeux, essayant de réprimer un rire qui jaillit bruyamment quand je lui cognai l'épaule. Nous partîmes tous les deux dans un long fou rire qui dénoua en moi toutes les tensions des derniers jours.

Ce soir-là, j'emmenai enfin Umberto sur la place du sanctuaire de ma chère ville natale. Précisément là où mon père m'avait si souvent amené pour décharger les ressentiments que l'infidélité de maman avait suscités en lui.

C'était la fin de la journée, et des lambeaux orangés embrasaient le crépuscule.

La place était déserte, comme je l'avais toujours connue. Quelques rares touristes, lents promeneurs et amoureux enlacés erraient sur l'immense parvis de pierres blanches. Au loin, de minuscules silhouettes sombres se découpaient sous les arches vers lesquelles nous nous dirigions.

— Sublime, lâcha Umberto.

— Je ne t'ai pas menti, tu vois ?

— Sublime, répéta-t-il.

Derrière nous, j'entendis le rire gouailleur d'une jeune femme qui me parut familier. Je me retournai et la découvris, agrippée au bras d'un type. Elle s'arrêta de rire et peut-être même de respirer à l'instant où elle m'aperçut. Puis elle se remit en marche et vint vers moi. Umberto posa la main sur ma nuque.

— Ça va, ça va ! mentis-je.

Plus elle approchait, plus elle retrouvait son aplomb, et quand elle s'arrêta à quelques centimètres de moi, elle affichait un franc et radieux sourire.

— Celso Brigganti ?

— Euh... oui !

— Tu ne me reconnais pas, n'est-ce pas ?

— Eh bien, je... je ne crois pas... je suis désolé.

— Alberta. Alberta Caccevelli. On allait à l'école ensemble. J'habitais via Virgilio.

— Alberta Caccevelli ! Alberta Caccevelli ! Alberta Ca-cce-ve-lli ! Oh, Seigneur ! Bien sûr ! Oh, Alberta, si tu savais comme je suis heureux de te revoir !

— Vraiment ? À ce point ! rit-elle. Eh bien, je suis contente aussi...

— Alberta, je te présente Umberto, un ami.

Nous échangeâmes brièvement les grandes lignes de nos vies ; elle était libraire et venait de se fiancer à Paolo Fernanzini, qui tenait une pharmacie. Puis impatient, je lui demandai :

— Alberta, tu te souviens quand nous étions enfants, quand tu as refusé de me prendre la main...

Elle réfléchit un instant, les yeux portés vers le ciel – ce qu'Elena avait pour habitude de faire.

— Non, je ne me souviens pas. J'ai fait ça, moi ? Je suis désolée ! rit-elle. Mais... j'espère que ça ne t'a pas...

— Eh bien… disons que j'y ai quelquefois repensé, et… est-ce que je peux… te demander une faveur ?

— Je te la dois bien, non ?

— Oh, ce n'est que de la superstition, mais… voudrais-tu…, lui demandai-je en lui tendant la main.

Elle l'observa avec surprise et se mit à rire.

— Oh, je peux faire mieux que ça !

Elle s'approcha de moi et m'étreignit.

— Je crois bien que je m'en souviens, maintenant, me glissa-t-elle à l'oreille. Et je peux te dire qu'aujourd'hui je le regrette. Tu as bien changé.

Elle m'embrassa la joue et s'éloigna avec son fiancé.

XXIV

— J'ai bien cru que c'était Elena, dit Umberto.

— Je l'ai cru aussi, lançai-je en regardant la petite Alberta disparaître. Est-ce un signe ? Que dois-je y voir, d'après toi ?

— Tsss... je ne sais pas ! Tu as demandé quelque chose au Seigneur ?

— Oui... j'ai... J'ai demandé à revoir Elena... une fois. Juste une fois...

— Alors tu as dû te tromper dans les prénoms... Le Seigneur ne se trompe jamais, lui. C'est donc toi. Tu as demandé à revoir la petite Alberta. Point final. Allez, viens.

— Pourtant... je suis sûr d'avoir dit Elena...

— Elena, Alberta... qu'est-ce que ça change ! Tu as vu ? Ce sont les mêmes ! On y va. Il va bientôt faire nuit. J'aimerais bien voir cette fin du monde dont tu m'as parlé.

Nous reprîmes le chemin vers la mer.

— Tu sais, lui dis-je, j'étais petit, je n'avais pas vraiment une vision globale de l'univers et... maintenant que je suis... disons, un adulte, eh bien je sais que tout ça, c'étaient des histoires de mon père. Reste à savoir pourquoi il me racontait des conneries pareilles, me demandai-je.

Je m'arrêtai de nouveau et laissai Umberto s'éloigner et franchir les arches.

— Qu'est-ce que tu fiches ? Celso ! Tu viens ou quoi ? Dépêche-toi, nom de Dieu, il va faire nuit !

— C'est pas grave ! lui criai-je. Nous reviendrons demain ! Viens ! Rentrons ! Je commence à avoir faim. Je n'ai rien mangé de la journée. J'ai un creux. Viens. Allons manger une entrecôte.

— Mais qu'est-ce que tu as, nom d'un chien ! Ne me dis pas que tu as la trouille, hein ? Celso ! Ne me dis pas que tu as peur, tu as trente-trois ans ! Allez ! Viens ici !

— Qu'est-ce que tu racontes ? Bien sûr que je n'ai pas peur ! C'est juste qu'il fait nuit, on y verra mieux demain. Rentrons !

Umberto riait gentiment et vint vers moi. Il me prit par le bras et me conduisit prudemment au-delà des arches. Nous nous tenions là où je me tenais, enfant, avec mon père.

— Alors ? Elle est où, la fin du monde ?

— Eh bien, c'est là. Là, sous nos yeux. Enfin, c'est ce qu'on racontait, hein, c'est une légende, je le sais bien ! C'est juste que... ah... tu sais bien, ces superstitions stupides que tu t'enfonces dans le crâne...

— C'est superbe, Celso. Merci de m'avoir emmené avec toi.

Umberto me donna une étreinte vigoureuse et m'embrassa sur le front.

J'étais désormais à la proue d'un navire qui contenait les âmes de toute ma famille. Mon père venait d'y embarquer, j'endossais à présent le rôle du capitaine. Je comprenais que ce que je voyais devant moi, ce qu'il me restait à explorer, n'était en rien la fin du monde, comme l'avait toujours prétendu mon père, mais plutôt le début d'un nouveau. Et je m'efforçais d'y voir, comme Umberto, nez au vent, un attrait irrésistible, un élan vital qui allait me conduire sans aucun doute sur la voie du bonheur.

— Bien, lâcha Umberto. Est-ce qu'il n'est pas temps d'aller fêter ton anniversaire ? Cette fois, je t'invite. On ne va pas aller chez Zio Tom, hein, ça va te rappeler... hein, c'est pas... qu'est-ce que t'en dis ?

— Non, c'est pas une bonne idée...

— J'ai envie d'une côte de bœuf. Et d'un bon montevetrano.

— Viens, je sais où je vais t'emmener.

— Est-ce qu'il y aura des jolies filles ?

Il y eut d'autres montevetrano. Et d'autres brunello-di-montalcino. Il y eut aussi des rosés californiens, des sauvignons argentins ainsi que des champagnes français arrosant de nombreux dîners et soirées en sa compagnie.

Les mois passaient, et la voix d'Elena, son regard, sa silhouette, nos disputes glissaient doucement hors de mon esprit. Il m'arrivait de regretter cette fuite des souvenirs. Il me semble même en avoir quelquefois pleuré, en comprenant que mon amour, comme le temps, me filait entre les doigts.

J'appris qu'elle avait quitté l'Italie pour la France.

Cette nouvelle m'allégea, comme une néphrectomie vous allège d'un rein. Avec son départ, la tentation de la revoir disparut, mais l'espoir aussi.

Ainsi, je me retrouvai désœuvré, sans aspiration ni obsession, sans attente ni perspective, puisque l'objet de tant d'ardeur avait pris la poudre d'escampette.

XXV

Je reçus un matin un appel d'Antonia.

Un samedi de juin. J'étais allé chercher la presse, je m'étais préparé un thé et je m'apprêtais à prendre mon petit déjeuner sur la terrasse de mon nouvel appartement, dans une petite rue tranquille de Torpignattara.

— Je te dérange ?

Timide, hésitante, elle demandait de mes nouvelles. Comme ça. Sans raison. Enfin si, elle avait pensé à moi la veille.

Je l'invitai à dîner le soir même, comme ça, sans raison.

Enfin si. Elle allait peut-être me tirer de ma solitude. Et c'était déjà une très bonne raison. Antonia n'était pas idéalement celle que j'aurais choisie pour sortir de ma torpeur, mais plus d'un an après son départ je n'étais toujours pas en mesure de remplacer Elena.

L'idée de revoir Antonia me coûtait. Comme me coûtait celle de faire du sport. Cependant, Antonia avait toujours eu sur moi, et avant que je n'en abuse, les vertus d'un remède. Et les remèdes efficaces sont rarement savoureux.

J'y allais donc convaincu que sa belle santé me remettrait sur pied.

J'espérais juste qu'elle n'avait pas trop grossi. J'avais d'ores et déjà envie de l'aimer.

Elle était ravissante. Et si je ne l'avais pas connue, j'aurais pu être séduit par cette fraîcheur, par cette femme si différente de celles, souvent obscures, que j'avais fréquentées. Mais je connaissais ses travers, celui surtout de trop m'aimer. Et à sa façon attentive de me parler et de m'écouter, à ses gestes maîtrisés, à sa voix faussement désinvolte et au léger tremblement de sa lèvre inférieure, je compris qu'elle m'aimait toujours de cet amour embarrassant. Au lieu de m'émouvoir, cette faiblesse éveillait en moi des sentiments délétères, et je devais lutter pour ne pas afficher l'ennui et même le léger mépris qu'elle m'inspirait.

Puis, au moment de régler, elle insista pour payer la note, sa voix même se chargea d'une autorité que je ne lui connaissais pas, et nous nous quittâmes.

Cet aplomb que je venais de percevoir chez Antonia aiguillonna ma curiosité.

Trois jours plus tard, je l'appelai pour la revoir. Elle n'était pas libre. Pas avant deux semaines. Même si j'en fus d'abord contrarié, cette tournure des événements m'amusa plutôt. Elle venait de prendre les commandes, et le pouvoir que cette attitude lui conférait la rehaussait irrésistiblement à mes yeux.

Nous dînâmes ensemble quinze jours après. Cette fois, je l'aurais juré, elle avait réellement changé. Plus assurée, plus belle, plus mince. Sans doute auréolée des nouvelles qualités dont je l'avais parée pendant cette attente, elle m'apparut comme l'épouse idéale. Je la regardai autrement, l'écoutai avec plus d'attention.

Et Antonia se sentit aimée.

Bien sûr, nos nuits révélèrent certains manques et addictions que deux années avec Elena avaient provoqués. Antonia n'avait pas son audace ni son imagination, ni même son corps. Mais elle possédait une qualité qui, dans ma situation, surpassait toutes les autres : une saine énergie.

Puis survint un incident qui me laissa penser que je l'aimais peut-être plus que je ne voulais l'admettre. Je fus non seulement surpris de recouvrer cette faculté que je pensais éteinte à jamais, mais aussi stupéfait de constater que cet amour, cet élan du cœur, m'avait été inspiré par Antonia !

Installés à la terrasse bondée d'un café de la piazza Navona, nous attendions notre commande depuis un long moment déjà. Je décidai d'aller me plaindre auprès d'un responsable. Antonia, qui avait non sans plaisir endossé le rôle de l'épouse soumise, me laissait jouer celui de l'homme tout-puissant. Sa disposition à la douceur et à la docilité encourageait mes instincts mâles à s'exprimer. J'hésitais de moins en moins à réclamer ce qui m'était dû.

De retour à ma place, je la trouvai occupée par un type qui discutait avec Antonia.

— Oh, Celso ! Je te présente Federico. Federico, voici Celso.

Nous nous saluâmes, puis Federico reprit sa conversation sans plus se soucier de moi. Antonia paraissait gênée et me lançait des sourires mortifiés. Après quelques minutes pendant lesquelles je fis office de réverbère, je perdis patience et posai ma main sur l'épaule du type.

— Je vous prie de m'excuser, je vais récupérer ma chaise, si vous voulez bien.

Soudain conscient de sa muflerie, celui-ci leva la tête vers moi, s'excusa vivement et annonça qu'il partait. Mais l'idiot ne bougea pas et se hâta simplement de raconter la suite de son anecdote. Enfin, il s'esclaffa, puis posa la main sur celle d'Antonia. Ma pauvre Antonia semblait souffrir pour moi ! Je fixai la sale patte qui retenait prisonnière la petite main de mon Antonia et j'y aurais volontiers planté une fourchette. Je saisis le dossier de la chaise et le basculai brusquement en avant : le type se retrouva par terre et je pus enfin reprendre ma place. Antonia poussa un petit cri, s'excusa auprès de l'imbécile qui braillait tant que le patron du restaurant le conduisit à bonne distance de sa terrasse.

Nous finîmes par en rire. Puis Antonia dut répondre à quelques-unes de mes questions sur ce Federico.

— Tu es jaloux ! conclut-elle.

— Pas du tout.

— Tu es jaloux !

— Je ne pense pas ! Mais si ça t'amuse de le penser.

— Oui, ça m'amuse ! Tu verrais ta tête ! rit-elle. Comme tu es drôle quand tu es jaloux !

— Antonia, je t'en prie... Je te dis que je ne suis pas jaloux ! C'est impossible.

— Très bien ! Si tu le dis. De toute façon, tu n'as aucune raison de l'être. Federico est plutôt beau, c'est vrai (oh ! vraiment ?) mais c'est tout ce qu'il a pour lui. Il vient se faire détartrer les dents tous les quinze jours ! Tu te rends compte ? Je lui ai pourtant dit que c'était inutile, mais il y tient.

— Ce type est ton patient ? Il vient dans ton cabinet ? Tous les quinze jours, dis-tu ? Pourquoi vient-il dans ton cabinet ? Il y a des millions de dentistes à Rome, non ? Tu devrais l'envoyer chez un confrère ! Honnêtement, je serais soulagé si tu te débarrassais de lui.

Antonia m'étudiait en silence, le sourire triomphant. Je dus m'incliner et admis que peut-être, en effet, il était possible que je sois un peu, légèrement...

En vingt-huit ans, Antonia ne me donna pas d'autre occasion d'être jaloux. Je dus en trouver moi-même pour rompre un peu la monotonie de notre merveilleux mariage.

XXVI

Nous étions le 21 mai. J'allais revoir Elena. Trente ans après.

Nous avions rendez-vous à la terrasse d'un restaurant derrière la piazza di Spagna, un quartier qu'Antonia ne fréquentait pas malgré mes nombreux encouragements à aller s'y acheter des tenues de grands couturiers. Mais elle avait toujours trouvé absurde de dépenser autant d'argent pour des vêtements. Elle n'avait pas le goût du luxe, ce que je regrettais parfois. Je l'aurais souhaitée plus dépensière.

J'étais très en retard et me hâtai dans les derniers mètres, inquiet qu'Elena ne parte sans m'attendre.

Je débouchai sur la via Borgognona et la vis, assise à la terrasse du restaurant, merveilleuse, fille de Vénus et de Cupidon, petite sœur d'Éternité au sourire tranquille et aux prunelles gorgées d'une joie timide que j'allais fracasser.

Je lui apparus donc haletant, en nage et inquiet, un pan de ma chemise sortant de mon pantalon, sans même avoir la possibilité de reprendre mon souffle, de me rhabiller ni de me composer un visage dispos et apaisé, comme le sien à ce moment précis, puisqu'elle me guettait, impatiente, et déjà moqueuse.

Je m'étais préparé à ce moment depuis des jours et, à force d'autopersuasion et de gymnastique respiratoire, j'étais parvenu à considérer l'événement avec la plus grande sérénité. Cependant, plus il approchait, plus l'état de grâce semblait s'éloigner. Sans doute m'y étais-je pris trop à l'avance. Cette quiétude, qui m'est si peu naturelle, me vient à force de lutter contre moi-même (ce qui est, soit dit en passant, une méthode assez étrange pour trouver la paix intérieure) et ne peut donc être qu'artificielle et surtout éphémère. Mieux vaut en user rapidement avant que les bénéfices ne s'évaporent comme de l'éther sitôt versé.

J'étais donc parti très en avance avec l'espoir de me détendre en marchant. En chemin, la pensée de ma famille, de mes filles et de l'amour d'Antonia m'aida à recouvrer un peu de sérénité. Je pensais à ma femme et à son amour indéfectible qui m'attendaient, quoi qu'il arrive, même en cas de chute. Je pensais à la façon – maladroite et charmante – dont elle m'avait annoncé sa première grossesse, vingt-six ans plus tôt. J'enchaînai avec d'autres de ces joyeux souvenirs et, quand je repris mes esprits, j'étais en bas de chez moi !

Moi qui allais retrouver l'amour de ma vie, j'étais, sans m'en rendre compte, revenu à ma femme ! Cette idée m'enchanta et me libéra de mes scrupules. J'étais, malgré moi, entièrement dévoué à mon épouse ! Quelle excellente nouvelle ! Mais je n'avais plus de temps à perdre et je courus retrouver Elena.

— Ça va ? Tu as l'air affolé, s'enquit-elle alors que je m'asseyais enfin.

— Oh non, non ! Tout va bien ! dis-je avec une gaieté feinte que je regrettai aussitôt, car pour sa part rien dans sa voix ni dans son attitude ne semblait falsifié.

— Tu es en nage, dit-elle en me tendant la serviette en papier posée sur la table.

D'une inconnue j'aurais refusé, hors de question d'éponger mon front moite en public, mais la connivence des anciens amants efface bien des pudeurs.

— Oui, il fait un peu chaud, je n'aurais pas dû mettre de veste, me justifiai-je en essuyant mes tempes grises. Je craignais d'être en retard, alors j'ai marché vite.

— Je t'aurais attendu.

Dans ma vision idéalisée des événements, j'allais vers elle d'un pas léger et assuré. Je la saluais, la félicitais de sa beauté éblouissante, nous échangions quelques banalités, puis je retournais, sans regret ni remords, à ma douce Antonia et à ma vie d'honnête homme. C'était le seul dénouement envisageable, le seul qui m'eût prouvé que j'avais atteint la paix et la santé morale.

Mais elle était devant moi et je tremblais de nouveau.

Comme la première fois.

Peut-être un réflexe pavlovien.

Des émotions anciennes refluaient. Des tourments diffus et l'arrière-goût de l'échec venaient déjà assombrir ces retrouvailles.

Trente ans avaient passé depuis notre rupture, mais certaines sensations demeuraient intactes. Ainsi, contrairement à ce que j'avais toujours pensé, tout n'était pas impermanent, tout ne disparaissait pas. Mais il avait fallu une vie pour m'en convaincre.

Elle approchait des soixante ans mais avait conservé une certaine fébrilité juvénile. Elle n'était pas maquillée et portait une chemise blanche, un jean et des bottes en cuir clair. Elle ressemblait à ces femmes qui ont mené une vie saine loin de la ville, de ses obligations, de ses apprêts et de sa pollution. Au milieu d'animaux, peut-être ; j'imaginai une existence rustique mais confortable dans une belle campagne du sud de la France, puisque je savais qu'elle s'était installée là-bas. Et cette distance, même si elle n'avait pu atténuer mes sentiments, avait eu le mérite d'écarter la tentation de la revoir.

Elena s'était mariée une première fois avec un avocat. Mais ils avaient divorcé au bout de deux ans. Elle avait épousé en secondes noces un type très gentil, me dit-elle, un Français qu'elle avait suivi dans son pays et avec qui elle avait eu une fille. Elle avait divorcé, cinq ans après, mais était restée en France. Pour sa fille.

Elle n'avait jamais terminé son roman et avait travaillé comme journaliste dans divers magazines de mode.

Au bout de dix années de relations plus ou moins brèves, elle avait fini par rencontrer son troisième mari, Salvador Herrera, un peintre espagnol de vingt-deux ans son aîné, installé à Guéthary, sur la côte basque. Elle en parlait différemment, avec amour et admiration. Elle m'apprit qu'il était mort un peu moins d'un an auparavant.

Elle n'était plus Elena, mon adorée inconsolable, transie de passion à l'aube, secouée de chagrin le jour et glacée de haine le soir. Elle semblait apaisée, sereine, débarrassée des fardeaux du passé. Elle avait su cheminer avec grâce et mesure, et sans doute avec plus de clairvoyance que je ne l'avais fait moi-même en épousant Antonia.

Elle était toujours terriblement belle et attirante.

Tandis qu'elle me parlait doucement, des pensées délétères commençaient à éclore, m'empêchant de profiter du moment présent.

La voir si rayonnante devenait une douleur. Soutenir son regard, une épreuve. J'étais toujours aussi transparent, le désarroi et l'incertitude à fleur de peau ; si je la laissais m'étudier un peu trop longtemps, elle me percerait à jour en un instant et comprendrait que je n'étais pas devenu l'homme solide et déterminé que j'avais espéré devenir.

Quel gâchis ! Nous aurions pu avancer ensemble, j'aurais fini par te convaincre, te rassurer, il nous aurait fallu quelques mois, peut-être une année, et tu aurais fini par oublier mon forfait, ces lettres horribles, et nous en serions sortis tous deux grandis, le cœur à l'unisson enfin aguerri. Au lieu de ça, j'avais porté ma croix seul, avec une femme qui ne me convenait pas et à qui j'avais prêté des qualités et des vertus que la pauvre ne pouvait posséder, puisqu'il aurait fallu qu'elle soit toi. Vingt-huit années de cure, de traitements, de régimes amers, d'acharnement thérapeutique, voilà ce qu'avait été mon mariage ! Et pour un résultat guère enthousiasmant puisque, en quelques secondes, en réalité tu me replongeais dans des tourments que je croyais éteints. Et même la conscience de salir, de trahir encore celle à qui je devais mes plus grandes, mes plus profondes satisfactions – mes filles, les romans que j'avais pu écrire grâce à son soutien – parvenait à peine à chasser le vertige que me procurait la simple idée de te tenir dans mes bras.

— Ça ne t'intéresse pas beaucoup, on dirait..., hasarda-t-elle.

— Quoi ?

— Ma vie, ce que je suis en train de te raconter... Ça me fait penser à notre première rencontre. Ce dîner, tu étais à côté de moi, mais tu semblais ailleurs. J'aurais dû me méfier !

— Tu te trompes ! J'étais déjà avec toi. Trop ! Et je devais me museler pour ne pas me répandre comme une flaque à tes pieds.

— Celso ! rit-elle. Alors tu ne changes pas, n'est-ce pas ? Tu n'es plus obligé de faire tout ce cinéma, tu peux me dire la vérité, aujourd'hui. Tu as le droit de me dire que tu ne m'as pas aimée. Ça peut arriver. Tu t'es trompé sur la nature de tes sentiments pour moi et ce n'est pas très grave, mais je mérite bien la vérité, non ?

— Tu as été le grand amour de ma vie, Elena.

— Ta vie n'est pas finie. Est-ce que ça signifie que je le suis toujours ?

— Sans doute...

Elle baissa les yeux sur ses mains, occupées à déchirer un papier en morceaux. Ma réponse parut la ravir autant que l'embarrasser.

— Tu t'es marié ?

— Oui.

— Avec qui ?

— ... Une femme.

— Oh, voyez-vous ça ! rit-elle. Une femme ! Et vous avez des enfants ?

— Deux filles.

— Comment s'appelle-t-elle ?

— Clara et Angela.

— Non, leur mère. Ta femme. Est-ce que j'ai pu la connaître ? La croiser quand j'étais encore à Rome ?

Lorsque j'essaie aujourd'hui, quelques jours à peine après notre rendez-vous, d'analyser mon hésitation à lui répondre, me vient d'abord la crainte de réveiller chez Elena, qui, sirotant sa limonade, guettait ma réponse, le souvenir de cette ancienne douleur. Cette explication me conviendrait parfaitement si d'autres ne frappaient avec violence à la porte de ma conscience. N'était-ce pas plutôt le souvenir de ma lâcheté que je redoutais de réveiller ? Ou, pire encore, la honte de lui avouer que j'avais épousé cette femme que j'avais si souvent dénigrée, éreintée, pour me racheter à ses yeux ?

Ce jour-là, je n'eus pas le temps de m'expliquer ce refus d'obstacle, mais je sentis confusément que rien de ce que je pouvais dire d'Antonia ne serait de nature à l'honorer.

— Antonia.

Elle me considéra un instant, et éclata de rire.

— Oh, mon Dieu... Celso ! Tu verrais ta tête ! C'est... *cette* Antonia ? Celle d'il y a trente ans ?

— Oui. Mais...

Elle secouait la tête, s'esclaffait, la mine ébahie, le regard éperdu, en proie à des pensées qui s'entrechoquaient et dont il était difficile de dire si elles étaient facétieuses ou douloureuses.

— J'étais très malheureux, à l'époque. Tu étais partie, tante Lucia est morte, puis mon père... et une autre tante que tu ne connaissais pas, mais... enfin... c'était une véritable hécatombe, et... Antonia est arrivée à ce moment-là, elle m'a tendu la main, je l'ai attrapée.

— Et épousée.

— J'étais si redevable envers elle ! Si coupable ! Je me suis senti obligé de l'épouser pour me faire pardonner tout le mal que je lui avais fait.

— Tu t'es senti coupable ! Tu es sérieux ?

Elle rit de nouveau. Je jetai un œil autour de moi, espérant que personne ne percevrait l'offense que cachait cette cruelle hilarité.

— Et tu ne t'es pas senti coupable du mal que tu m'avais fait ?

— Bien sûr que si !

— Oh, peu importe maintenant, n'est-ce pas ? Es-tu heureux au moins ?

Heureux, moi ? Quelle question ! Je l'ai toujours redoutée… Pourquoi me la poses-tu ? À d'autres, j'aurais pu mentir sans ciller, mais à toi qui connais mieux que personne mes vices les plus cachés ! Heureux, moi ? Mon mariage n'aura été qu'un pis-aller, ma vie un évitement. Tenir ma peur à distance. Ç'a été très fatigant. Parce qu'elle est coriace, tu sais, cette peur.

— Oui ! Oui ! Je suppose, oui ! dis-je en prenant l'air dégagé. Et puis ça dépend de ce que tu entends par heureux… La vie conjugale n'est plus, au bout d'un moment, source de nouveauté, d'expérimentation, d'aventures ; alors, inévitablement, l'ennui s'installe.

— Mais tu n'as jamais été un grand aventurier, Celso.

— C'est vrai, et il m'aurait fallu une épouse qui m'aide à sortir de cette zone de confort. Antonia est si casanière. Se contente et se réjouit de si peu. C'est une femme formidable, mais auprès de qui l'on a tendance à s'assoupir.

Plus je l'égratignais, plus je voulais la retrouver, retourner auprès de mon épouse, m'enfouir, me réfugier dans son giron. Il me semblait même que je me plaisais à l'étriller pour ressentir la brûlure de la culpabilité, ce qui me permettait en quelques instants de passer de la faute au remords, si proche alors de la tendresse, elle-même parente de l'amour.

Et puis, même si elle n'avait pas su effacer mes souvenirs, la seule présence de ma femme avait le mérite d'en atténuer le bruit. Antonia ! Antonia ! Je l'invoquais comme le gamin à l'approche d'un danger appelle sa mère à la rescousse. Mais quel enfant préfère le réconfort de sa mère à l'aventure ?

Quel enfant, une fois repu de cet amour maternel, n'aura pas envie de s'échapper à nouveau, de s'éprouver, lassé de la monotonie d'un sentiment qu'il sait éternel ?

Alors je comprends, écrivant ces lignes, qu'au-delà de tout, la véritable raison qui m'avait poussé à revoir Elena était le besoin de m'éprouver. Mesurer le chemin parcouru. Saurais-je sans trembler affronter celle qui incarnait toutes mes terreurs, faire face à mes mensonges passés sans renier comme un lâche la femme qui m'accompagnait depuis toujours ? Toutes ces années ne m'avaient-elles pas grandi ? N'avaient-elles pas fait de moi un homme digne et responsable ?

À défaut d'être cet homme-là, il convenait d'être honnête : non.

— Elena, pourquoi es-tu venue à Rome ?

— As-tu des nouvelles d'Umberto ?

— Oui, oui, bien sûr ! Il est toujours mon grand ami. Il a un restaurant dans le Trastevere. Il y travaille avec l'un de ses fils. Ça marche très bien. Tu sais comment il l'a appelé ? Le Pettirosso.

— Oh, comme c'est drôle ! Est-ce qu'il se passe des choses dans la cave ? rit-elle.

— Sûrement pas ! Umberto est depuis longtemps un honorable chef de famille. Tu te souviens de cette fille dont il était amoureux, une bourgeoise ? Nadia ? Elle venait parfois au Pettirosso.

— Oui ! Bien sûr ! Il était dingue d'elle.

— Eh bien, ils se sont mariés, et ils ont eu deux beaux garçons. Je crois pouvoir dire que c'est l'homme le plus heureux au monde !

La seule évocation d'Umberto nous égaya.

Nous nous efforcions de conserver notre sourire, comme s'il nous maintenait la tête à la surface, nous empêchait de nous retrouver l'un face à l'autre, condamnés aux aveux.

Nous nous guettions à la dérobée, craintifs et timides comme la première fois, mais avec le poids de tout ce que nous avions vécu, et perdu.

Je sentais s'éteindre la lumière qu'Antonia avait su raviver. L'envie de plonger à nouveau dans cette eau noire cognait dans ma poitrine.

— Je suis venue à Rome pour toi, Celso.

Il me fallut quelques instants pour rassembler les mots, les ordonner, qu'ils puissent exprimer mon bonheur, mon émotion, sans rien montrer du cataclysme que ses paroles venaient de provoquer.

— Eh bien... Ce que tu dis me bouleverse, Elena, tu n'imagines pas à quel point. Ni à quel point c'est un choc de te voir. J'ai eu si souvent l'impression que ma vie tournait autour de toi. Et à voir l'emprise que tu as sur les battements de mon cœur, je m'aperçois que ce n'est pas une impression. Tu es bien le centre de ma vie.

Nous nous étions rapprochés l'un de l'autre ; le moment réclamait des murmures et qu'ils ne soient entendus que de nous. Elena, devant moi, paraissait se faner à chaque respiration.

Je ne pensais pas, à cet instant, trahir Antonia ; Elena m'apparut si pâle, si inquiète que, connaissant mon épouse, elle-même aurait cherché à la réconforter. Et puis, il me semblait qu'on ne pouvait que comprendre et s'incliner devant un amour de cette force, s'y soumettre et même le bénir.

— Mais ? demanda-t-elle.

— Il n'y a pas de mais.

Elle s'adossa au fond de son siège. Un long soupir la délivra d'une trop grande émotion, ses épaules s'affaissèrent.

— Ma vie aussi a tourné autour de toi, Celso. J'ai eu si souvent envie de t'appeler... Pas forcément pour te parler.

Juste t'entendre. Je ne peux pas dire que tu me manquais ; ton fantôme m'accompagnait partout et je crois que ça me suffisait. Au point que si tu t'étais matérialisé, je n'aurais sans doute pas su quoi faire de toi.

— Moi, j'aurais adoré que tu te matérialises. Tu sais que je t'emmenais chaque matin à la boulangerie ? Tu te souviens, chez Rigoli, là où nous allions de temps en temps ? C'était mon rituel, jusqu'à il n'y a pas très longtemps. Je n'aimais pas quand Antonia décidait de venir avec moi. J'étais obligé de te cacher.

— Et où me cachais-tu ? sourit-elle.

— Là, répondis-je en posant la main sur la pochette de ma veste.

Elena s'esclaffa et notre conversation prit un tour nouveau. Les nuages sombres se dissipèrent, une grande quiétude nous emplit la poitrine. Nous venions de nous rejoindre sur un même chemin, foulant la même herbe tendre après nous être perdus de vue.

— Je crois que je vais prendre un Martini. Veux-tu un Martini ? Un autre soda ?

— Non, merci. Mais je n'ai pas fini de te dire ce que j'avais à te dire, Celso... je peux ?

— Je t'en prie... mais... vas-y doucement, j'ai le cœur qui s'affole.

— Promis... Ça ne devrait pas être douloureux. Quand Salvador est mort, je me suis retrouvée seule. Je n'avais envie de voir qu'une personne. Toi. Je n'avais plus envie de sortir, de rencontrer des gens. Je voulais m'endormir et me réveiller auprès d'un être qui connaisse tout de moi. J'avais envie de me fondre dans quelque chose d'intime et de familier.

— Elena...

— Les autres hommes, je n'ai fait que les contourner, je ne me suis jamais complètement engagée dans une histoire après toi, en dehors de Salvador.

— Elena... avant que tu poursuives... je suis marié. Comme tu le sais.

— Oui. À une femme que tu n'aimes pas.

Elle sirota la fin de son Perrier, dardant sur moi ses prunelles espiègles, puis elle reposa son verre très délicatement.

— N'est-ce pas bizarre de vivre toute une vie avec quelqu'un que l'on n'aime pas ?

Je la dévisageai, lui souris.

Je ne pouvais pas lui en vouloir, bien sûr. J'avais moi-même laissé entendre que je n'aimais pas ma femme.

Sa pique – si c'en était bien une – me paraissait légitime. Ce qui l'était moins, c'était ce désaveu de ma part.

— Je l'aime, d'une certaine façon... Mais je ne suis pas sûr d'avoir envie de parler d'Antonia avec toi.

— Je veux bien un Martini, dit-elle.

— Elena... ne fais pas cette tête. Tu sais que tu es l'amour de ma vie, mais je sais que je n'y arriverai pas. Je vais m'effondrer comme une merde à la première occasion ! Et je ne veux pas assister à ça, et je ne veux pas non plus que tu assistes à ça ! Regarde-toi, tu es toujours aussi incroyablement belle et attirante !

— C'est parce que tu as peur de me perdre ?

— De te perdre, de tout ça et tant d'autres choses ! m'exclamai-je.

— Pourquoi ne pas essayer ? Je peux rester à Rome quelques semaines...

— Tu me proposes d'être ma maîtresse ?

— Oui. Pour commencer.

— Je t'en prie, ma chérie... Ne me demande pas ça... Je ne peux pas faire ça à Antonia. Pas après trente ans...

— ... de bons et loyaux services...

— S'il te plaît...

— Mais puisque tu ne l'aimes pas !

— Disons que je ne l'aime pas assez pour la tromper. Rappelle-toi, je t'ai trompée parce que je t'aimais trop ! Et Antonia a soixante ans... ce serait... elle souffrirait trop...

— Tu es bien présomptueux ! Elle me paraît au contraire être une femme très forte, assez en tout cas pour t'avoir porté durant toutes ces années.

— Oui, tu as sûrement raison. Et justement, je lui dois bien ça ! Je me sentirais affreusement coupable...

— Tu n'es guidé que par des émotions négatives, Celso. La culpabilité, la peur, la honte, l'angoisse, la frustration... Mon Dieu... quelle vie sinistre tu as dû mener !

— Tu vois, qu'aurais-je de bon à t'offrir ?

— Tout. Ta lucidité, ta mélancolie, ta drôlerie. Ta vision du monde, Celso. Nous avons la même. Et ça me manque de ne pas la partager avec toi.

— Mais non ! Tu es beaucoup plus... beaucoup plus... et moi je suis tellement moins...

— On est pareils, Celso. À quelques nuances près.

— Et tu penses que quelques nuances, c'est peu de chose ? Va dire ça à Chopin.

— Tout ce que tu ressens, je le ressens aussi, tout ce que tu vois, je le vois aussi, simplement ton cœur bat *fortissimo*, le mien bat juste *forte*. Voilà ce que je veux dire. Celso, personne ne m'a aimée comme toi. Et je n'ai aimé personne comme je t'ai aimé. Qu'as-tu envie de vivre pour le restant de tes jours ? N'as-tu pas envie aujourd'hui d'être animé par l'amour ? Ton Antonia, en trente ans, que t'a-t-elle apporté ?

— La paix.

— Bah..., lâcha-t-elle, la bouche dédaigneuse, Celso... c'est d'une tristesse... tu es complètement fou...

— Oui ! C'est ce que j'essaie de te dire depuis tout à l'heure ! Mes peurs me dégoûtent, me gâchent la vie, mais je n'arrive pas à m'en défaire. Crois-moi, j'ai tout essayé, je m'y emploie depuis toujours...

— Oh non ! Ce à quoi tu t'emploies depuis toujours, c'est de les éviter.

— Je sais, je sais, je sais Elena, mais c'est aussi un moyen de guérir pour certains, vois-tu ? Ça peut marcher, figure-toi ! Seulement, c'est vrai, il ne faut pas s'y habituer... Moi, j'ai un peu abusé... j'en ai conscience... Elena, je t'en prie... Remuer tout ça est-il bien raisonnable ? demandai-je, portant ma main à ma poitrine pour calmer mon pauvre cœur affolé.

Elle s'enfonça dans son siège. Elle faisait tourner son alliance entre ses doigts. Le regard baissé sur ce geste machinal, elle me rappelait mon inconsolable Elena, abrutie de chagrin, ne sachant plus comment s'en défaire, le laissant peu à peu gagner du terrain. Ne pas la prendre dans les bras pour la dévorer de baisers et l'emmener loin d'ici me coûtait autant que de résister aux cigarettes que me proposait ce diable d'Umberto chaque fois que je tentais d'arrêter de fumer.

— Je suis désolée. Je pensais que tu m'attendais. J'étais persuadée qu'on vivait la même chose. C'est ce qui m'a aidée à tenir. Heureusement que je ne l'ai pas su avant ! rit-elle.

— Tu ne t'es pas trompée. On a vécu la même chose.

Notre escapade côte à côte dans l'herbe tendre n'avait pas duré longtemps. Nos chemins allaient se séparer de nouveau. J'allais retrouver ma femme, ma paix, mon apathie, mes habitudes, mon refuge, mon bureau. Mon silence, nos conversations insignifiantes. Ses monologues. Sa bienveillance, son amour de mère et d'épouse éternelle. Mes fantasmes. Ma misère.

Mais, mystère, vice et caprice de l'esprit, je me trouvai subitement disposé à les retrouver tous, mon épouse, mon foyer, mes rituels et ma précieuse paix. Ce que j'appelais ma maladie, mes peurs, m'avait tenu à distance de la réalité, de mes véritables désirs. Et j'avais fini par m'habituer à n'exister, à ne jouir et ressentir qu'en pensée. Je n'avais plus besoin de vivre les événements, de me risquer dans la réalité ; la simple possibilité que je puisse y prendre part me suffisait. Ainsi, Antonia et moi sortions rarement dîner en ville. Nous étions toujours très sollicités, et pour cette raison je pouvais aisément me passer de ce qui était devenu, au fil du temps, une contrainte où je devais me montrer vif, drôle et spirituel alors que je me sentais l'esprit paresseux. En revanche, si je n'étais pas invité à un dîner dont tout Rome bruissait, je pouvais en concevoir une profonde tristesse dont je mettais des jours à me consoler.

Aussi, d'apprendre qu'Elena m'aimait encore, l'opportunité de vivre avec elle, me combla d'une joie inouïe et me donna assez de forces pour reprendre cette vie conjugale pour laquelle j'étais soudain submergé de tendresse et de gratitude.

— Quand repars-tu ?

— J'ai encore quelques amis à voir, et je vais repartir. Je vais avancer mon départ.

— Veux-tu venir dîner à la maison ce soir ?

Elena éclata de rire et se cacha le visage derrière ses mains.

— Seigneur... Tu es vraiment fou, Celso ! Comment peux-tu me proposer une chose pareille ?

— Je ne sais pas... Peut-être qu'en la rencontrant tu comprendrais...

— C'est donc vrai que tu n'as pas changé. Comment peux-tu être aussi maladroit et cruel ?

— Je veux que tu la rencontres pour que tu comprennes qui elle est. Combien elle est ton contraire, et qu'il me faut une femme comme Antonia pour ne pas dériver. Je veux que tu voies à quelle vie je me condamne pour échapper à mes tourments.

— Celso, je t'en prie, arrête de la salir comme ça, c'est injuste et dégoûtant, à force.

— Ce n'est pas Antonia que je salis, c'est ma vie, et Antonia est ce qu'il y a de mieux dans ma vie. C'est grâce à elle, par elle que je vis.

Le serveur vint déposer deux Martini sur la table.

Nous les contemplions en silence.

— Tu ne bois pas ?

— Non, répondis-je, je me sens un peu nauséeux.

— Quel gâchis, dit-elle.

J'ai enlacé mes doigts aux siens et nous sommes restés un temps infini à regarder nos mains se caresser et s'enchaîner doucement.

Je laissais faire les choses. À cet instant, je ne voyais toujours pas l'issue, je n'étais sûr de rien, je suis si peu déterminé ! Il aurait peut-être suffi qu'elle insiste un peu, qu'elle me sourie, que quelque chose se passe indépendamment de moi pour que je parte avec elle.

— Je dois aller à la galerie Baletti, ils exposent Salvador. Tu veux venir avec moi ?

— J'ai un rendez-vous vers San Lorenzo, mentis-je. J'aurais adoré.

— Oh... c'est pas grave...

Nous nous sommes étreints et, tandis qu'elle s'éloignait, une douleur aiguë me transperça le cœur. J'ai eu peur de mourir dans la rue, devant elle, en public, m'effondrant comme une vieille chose indigne, la bave aux lèvres, les yeux révulsés, et peut-être pire. On ne contrôle plus rien lorsqu'on meurt.

Mais ce n'était qu'une frayeur. L'émotion. Je respirai mieux, et la douleur s'envola.

Il me fallait retrouver Antonia au plus vite. M'assurer que rien n'avait changé, qu'elle était toujours là, à s'activer dans la maison ou sur la terrasse, ou bien à lire un de ses magazines sur le jardinage. Sentir son odeur, la même depuis toujours, même si elle avait cent fois changé de parfum. Vérifier une fois encore sa fidélité et la permanence de son amour.

En me rapprochant de chez nous, je me suis dit que je retournais à la place la plus enviable qu'un homme de mon âge puisse souhaiter. J'ai monté les marches avec une ardeur que je n'avais pas connue depuis très longtemps, j'ai enfoncé la clé dans la serrure et je suis rentré à la maison, enflammé, comme une première fois.

XXVII

J'étais bien à la maison quand Celso est rentré, ce jour-là. Sur la terrasse. Il était essoufflé et avait l'air inquiet. Il m'a questionnée sur ma journée ; j'aurais juré qu'il était jaloux et je me moquai gentiment de son agitation.

Celso avait quelquefois de curieux accès d'amour, et il m'arrivait de penser qu'ils ne m'étaient pas destinés.

Après lecture de ce journal, je comprends qu'ils m'étaient bien adressés mais qu'au lieu d'amour il s'agissait de gratitude. Quelle importance ? Et quelle différence ? Par ces élans de gratitude, Celso me rendait grâce de l'aimer ; n'est-ce pas là une grande preuve d'amour et de dévotion ? Ne rendons-nous pas grâce à Dieu du fait d'exister ?

Je serai moi-même toujours reconnaissante à Celso de m'avoir choisie pour épouse, d'avoir partagé ma vie, de s'être efforcé au bonheur conjugal, sachant ce qu'il lui en coûtait.

Quand je l'ai revu après sa séparation d'avec Elena, après la mort de son père, Celso était un somnambule, un égaré. Chacun de ses gestes, de ses sourires et de ses paroles semblait automatique, guidé par un instinct de survie.

J'en avais bien conscience, et je suis entrée dans notre histoire en toute connaissance de cause. J'ai décidé de le rendre heureux. Et j'ai fait de mon mieux. Et quoi qu'on puisse conclure de ce journal, quoi qu'il ait pu écrire, je pense avoir réussi. Personne ne sait réellement ce qui se passe dans un couple, à l'abri des regards. Moi je le sais, j'y étais. Ce que nous avons vécu, lui et moi, nous et nos enfants, je peux affirmer qu'il s'agissait bien d'amour et de bonheur. Notre mariage a été un mariage heureux, avec des hauts et des bas. Comme dans la plupart des mariages.

Celso est mort trois semaines plus tard. Le vieux médecin m'a parlé du syndrome de Takotsubo. Le syndrome du cœur brisé. Les personnes qui en souffrent sont plus sensibles aux émotions fortes. Une mauvaise connectivité cérébrale ne leur permettrait pas de gérer normalement certains chocs émotionnels comme la mort d'un proche, par exemple, ou une rupture sentimentale. Chez elles, la capacité d'adaptation aux événements stressants est diminuée, à cause, notamment, d'expériences traumatisantes vécues par le passé.

Elena est venue à son enterrement. J'ai tenu à ce qu'elle soit là. Celso l'aurait souhaité. Ou peut-être pas, d'ailleurs ; le pauvre passait son temps à changer d'humeur, guidé tantôt par son cœur, tantôt par sa raison.

Elle était très belle. Je comprends qu'il ait perdu la tête pour elle. Mais elle n'avait pas que ça. Elena et Celso avaient en commun une lueur de désespoir au fond des yeux.

Nous nous sommes étreintes, puis elle est repartie.

Mis en pages par DV Arts Graphiques à La Rochelle,
cet ouvrage a été achevé d'imprimer par Présence Graphique, à Monts,
pour le compte de S.N. Éditions Anne Carrière
57, rue Gaston Tessier – 75019 Paris,
en décembre 2020

Imprimé en France
Dépôt légal : janvier 2021
N° d'édition : 1017 – N° d'impression : 112067680